一　个　短　篇

就　是　一　个　世　界

关于爱情

［俄］安东·契诃夫 著

丘光 译

目录

美人	1
看戏之后	17
在别墅	25
泥淖	37
尼诺琪卡(爱情故事)	71
大瓦洛佳与小瓦洛佳	81
不幸	105
关于爱情	129
带阁楼的房子(艺术家的故事)	147
情系低音大提琴	181
导读	193
译后记	215
契诃夫年表	221
评价赞誉	241

美人

1

记得在我还是五六年级中学生[1]的时候,我跟爷爷从顿河区的大克列普卡亚村[2]乘车到顿河畔罗斯托夫市[3]。那时是八月天,酷热,恼人地烦闷。由于高温,加上又干又烫的风驱赶着团团沙尘吹向我们,眼睛都睁不开,嘴巴发干;不想看风景,不想说话,也不想思考。瞌睡连连的马车夫,那个羽冠头乌克兰人[4]卡尔波,他对马挥鞭的同

---

[1] 依当时俄国学制,此时的年纪为十六七岁。——译者注(以下注释除特别标示外皆为译者注)

[2] 大克列普卡亚村(Bolshaya Krepkaya),离作家安东·契诃夫的出生地塔甘罗格市(Taganrog)七十多公里。契诃夫的爷爷叶戈尔(Egor Mikhaylovich)好学能干,于一八四一年帮全家赎身脱离农奴身份,三年后迁居至此为普拉托夫伯爵工作,这里也是契诃夫长兄亚历山大的出生地。契诃夫给中学同学约丹诺夫的信中(一八九八年)提到年少时往来爷爷家这段路途的回忆:"这是一个奇幻的地区。我爱顿涅茨草原,我觉得从前在那里就像是在家里一样,我知道那边的每座小山谷。当我回忆起这些小山谷时……我就感到忧愁,并且遗憾塔甘罗格没有小说家,没有人需要这些非常动人又珍贵的材料。"

[3] 顿河畔罗斯托夫市(Rostov-na-Donu)位于顿河出海口附近的南俄大城,建于一七四九年。

[4] 原文用羽冠头(khokhol)来指小俄罗斯人,即乌克兰人,是一种玩笑、轻蔑的称呼,源自古时乌克兰哥萨克男人的发型——头顶周围剃光,仅留中央一撮毛发,犹如鸟类的羽冠。本篇其他处皆简译为"乌克兰人"。

时,也打着了我的制帽,我没抗议,没吭一声,只是从睡眼蒙眬中清醒过来,沮丧又温顺地看看远方想:还看不见沙尘后面的村庄吗?我们来到了一座庞大的亚美尼亚村庄巴赫奇-萨雷[1],停在一个爷爷熟识的亚美尼亚有钱人家喂马。我这辈子从来没见过比这个亚美尼亚人还要滑稽的人。你们想象一下,在那颗小小的剃着短发的头上,有一对低垂的浓眉、一个鹰钩鼻、长长的灰白小胡子,还有一张阔嘴叼着一根长长的樱桃木烟袋杆。这颗小头和他那干瘦驼背的身躯接合得颇失败,身上的服装很奇特:一件过短的红色外套,下面套着宽大的亮蓝色灯笼裤;这个人走起路来,外八字脚,鞋子磨得沙沙响。他说起话来,也不拿下烟袋杆,维持着亚美尼亚人独有的尊严:面无笑容,瞪大眼珠,尽可能地不去注意来访的客人。

在亚美尼亚人的房屋里,既没风也没沙尘,但还是一样不舒服,又闷又烦,像在草原上和马路上一样。我记得我满身沙尘又热得疲惫不堪,坐在角落的一口绿色箱子上。没上漆的木墙、家具和染成红褐色的地板,散出一种

---

[1] 巴赫奇-萨雷(Bakhchi-Saly),指大萨雷(Bolshiye Saly),建于一七七九年,克里米亚萨雷村的亚美尼亚人奉叶卡捷琳娜二世女皇之命迁居至此;现属罗斯托夫州。

被太阳烤热的干燥木材气味。放眼望去,到处都是苍蝇,苍蝇,苍蝇……爷爷和亚美尼亚人低声谈论着放牧、牧场和绵羊……我知道备好茶炊[1]要一整个钟头,爷爷喝起茶来少不了又一个钟头,然后会躺下睡觉,睡上两三个钟头,因此我一天有四分之一的时间都耗在等待上,剩下的就又是炎热、沙尘和颠簸的路途。我听到两个含糊不清的说话声,开始觉得,亚美尼亚人、餐具柜、苍蝇和烈日曝晒的窗户,这些我已经看了好久好久,而且似乎要在非常遥远的未来才不用再看,因此我对草原、太阳、苍蝇满是痛恨……

一个包头巾的乌克兰女人,端着一个放着餐具的托盘进来,然后端来茶炊。亚美尼亚人不慌不忙地到前厅大喊一声:

"玛什雅!过来倒茶!你在哪里?玛什雅!"

这时传来一阵急促的脚步声,房间里进来一位大约十六岁的女孩子,身穿普通印花布连衣裙,头绑白色小方巾。她背对我站着,清洗餐具,倒茶,我只注意到她的腰很细,光着脚,而那双小巧赤裸的脚后跟被放得很低的裤管给遮住了。

---

[1] 茶炊(Samovar),一种俄式煮水壶。

主人请我去喝茶。一坐上桌，我看了一眼端给我茶杯的女孩的脸庞，我忽然感觉到，好像有阵风拂过我心底，而且把白天心里面所有烦闷又满是灰尘的印象一扫而空。我见到一个绝美脸庞的迷人轮廓，如真又似梦。我面前站的是一位美人，这就像闪电划过我眼前，我一眼就看出来了。

我愿发誓，玛莎，或者像她父亲称呼的玛什雅，是个真正的美人，但我没法证明这点。有时候，天边的云朵杂乱堆集，太阳躲在云后，把它们染了色，天空变得色彩缤纷：从深红、橙黄、金黄、淡紫到暗粉红色；有一朵云像修道士，另一朵像鱼，又一朵像缠着头巾的土耳其人。霞光笼罩了三分之一的天空，闪耀在教堂的十字架和民宅人家的玻璃窗上，倒映在河流和水洼上，颤动在树林枝丫间；在晚霞的陪衬下，远方飞过一群不知去哪儿过夜的野鸭……而赶着母牛的牧童、乘轻便马车跋山涉水的土地测量员，以及散步中的先生们——所有人望着落日余晖，人人都发现它漂亮得不得了，但谁也不知道，也说不出到底哪里美。

不止我一个人发现这位亚美尼亚女孩很美。我的爷爷是个八十岁的老先生，人很严厉，对女人和大自然的美一向都很冷漠，却温柔地望着玛莎整整一分钟，并问：

"阿维特·纳扎雷奇，这是您的女儿吗？"

"女儿。这是女儿……"主人回答。

"漂亮的姑娘。"爷爷称赞。

亚美尼亚女孩的美会被艺术家称作古典严谨式的美。这正是那种美，一种直觉的美，天晓得打哪儿来的，使您确信您所看到的容貌是端庄的，从头发、眼睛、鼻子、嘴巴、颈子、胸部到年轻躯体的所有动作，都融为一个完整谐调的和音，其中，大自然不会弄错一点最细微的特征。您也不知道为什么总觉得，一个完美的美女应该有的，正是像玛莎这种鼻梁微拱的直挺鼻子，这种大大的黑眼珠，这种长睫毛，这种慵懒的眼神，还觉得她的乌黑鬈发和眉毛这么搭那温润白皙的额头和颈子，就像是青绿的芦苇配上静谧的小溪；玛莎的白皙颈子和她那幼小的胸部尚未发育完全，但要能够雕塑它们，您似乎该拥有无与伦比的创作天赋。您看着她，会渐渐冒出一个愿望，要对玛莎说点什么不同凡响、愉快、更真诚且优美的话，才配得上她本身的那股优美。

起先我感到难过又羞愧，玛莎一点都不注意我，总是看着下方；有某种特别的气氛，我觉得是幸福和骄傲的气氛，把她和我区隔开，并刻意把我的目光给遮住。

"这是因为，"我想，"我满身沙尘，晒得发黑，也因为我还是个小男孩。"

但之后我渐渐浑然忘我，整个人顺从了美的感受。我已经记不得草原的烦闷、沙尘，听不到苍蝇的嗡嗡声，吃不出茶的滋味，只感觉到，隔着桌子站在我对面的是一位美丽的女孩。

我感受到的美有点怪异。玛莎在我心里激起的，不是渴望，不是兴奋，也不是喜悦，而是沉重但也愉快的忧愁。这忧愁是模糊不清的，像在做梦。我莫名同情起自己、爷爷、亚美尼亚人和那亚美尼亚女孩，我有这种感觉，仿佛我们四人都丧失了某种生活上的重要必需品，一种我们再也找不到的东西。爷爷也感到有点愁闷。他已经不再谈牧场和绵羊，而是默不作声，若有所思地瞧着玛莎。

喝完茶后，爷爷躺下睡觉，我走到屋外坐在台阶上。这栋房子像所有巴赫奇-萨雷的房子一样，位于向阳处；没树，没棚，没有一点遮阴的地方。亚美尼亚人的大院子长满了滨藜和锦葵，尽管天气酷热，还是生机盎然，满是快活。有一道不高的篱笆横断整个大院子，其中一段后面是打谷用的。打谷场正中央有一根插入地面的木桩，周围一排套好的马匹，形成一个长的半径范围给十二匹马走动。旁边有一个穿长背心、宽灯笼裤的乌克兰人，抽着鞭子啪啪作响，高声喊叫，他那种声调仿佛想要逗弄马，还吹嘘自己主宰着它们：

"啊嚣，该死的东西！啊嚣……对你们太好了！怕了吧？"

那些枣红色、白色和花斑色的马，不明白为什么要强迫它们原地打转，压揉麦秆，它们不想动，似乎使不上力，抱怨地摇摇尾巴。风从它们的蹄下扬起一大团金黄色的麦糠，把它们吹向篱笆外的远方。在堆高的新鲜草垛附近，拿耙子的村妇不慌不忙地耙草，大马车来来去去。草垛外的另一个庭院里，在木桩周围有另外十二匹那样的马，也有那样的乌克兰人抽着鞭子啪啪作响嘲弄着马。

我坐的那个台阶很热；在不牢靠的栏杆和窗框上，有些地方热到渗出了树脂；阶梯下和护窗板下留了一点遮阴的地方，有一些红色的小虫子彼此紧靠在一起。太阳把我的头、胸和后背烤得火热，但我没注意这些，只感觉到在我身后的前厅和房间里，有一双踏在木地板上咚咚作响的光脚丫。收拾完茶具之后，玛什雅跑过阶梯，像一阵风吹过我身上，然后又像只鸟似的，飞到一间不大的熏黑的边屋去了。那儿应该是厨房，从那里飘来一股烤羊肉的味道，传来生气的亚美尼亚人的说话声。她消失在那扇灰暗的门里，代替她出现在门槛上的是一个驼背的亚美尼亚老女人，她有张红脸，穿着绿色灯笼裤。老太太发着脾气在骂人。一会儿之后，在门槛上出现了玛什雅，她的脸因为厨房的闷热而发红，肩膀上扛着一块大大的黑面包；在面包的重量之下她美妙地曲着身体，跑过院子到打谷场去，钻过篱笆，潜入金黄色的团团麦糠里，隐没在大马车后面。驱赶着马匹的乌克兰人，放下鞭子，嘴巴停了下来，默默朝大马车的方向望去；然后，亚美尼亚女孩又闪现在马匹附近，并穿越篱笆过去；他一路目送着她，心里好像非常惆怅，口气很糟地对马大喊一声：

"啊，你们去死吧，妖魔鬼怪！"

接下来我一直不断听到她那光脚走动的声音，还看到她一脸严肃又烦恼的表情在院子里忙来忙去。她一下子跑过阶梯，给我刮来一阵风，一下子跑去厨房，一下子到打谷场，一下子到大门外，我几乎来不及把头转来转去盯着她。

她越是常在我面前晃过自己的美丽，我的忧愁就越是厉害。我可怜我自己，可怜她，也可怜那个乌克兰人，每当她穿过金黄色的团团麦糠跑到大马车那边时，他都会忧愁地目送着她。莫非我在嫉妒她的美？或是在可惜这个女孩不属于我，而且永远不会属于我，我对她来说是个外人？或是因为我模糊地感觉到，她稀有的美丽是一种偶然，是不必要的，像人世间的一切都不会恒久？也或许，我的忧愁是因为观察到真正的美而激发出的特别感受？上帝才知道吧！

三个钟头的等待不知不觉过去了。我觉得我没能把玛莎好好看个够，卡尔波就已经驾车去河边给马洗过澡，开始套车了。湿淋淋的马满足得鼻子发出扑哧声响，用蹄子踢着车辕。卡尔波对它大喊："走开！"爷爷睡醒了。玛什雅为我们打开嘎吱作响的大门，我们坐到平板大车上，出了院子，默默前行，似乎彼此在生对方的气。

过了两三个钟头，远远看到罗斯托夫[1]和纳希切万[2]，始终沉默的卡尔波，迅速回头望一眼说：

"亚美尼亚人家的女孩真可爱呀！"

然后他对马抽了一鞭。

1 　这里指顿河畔罗斯托夫市，另有一罗斯托夫市位于莫斯科东北方。
2 　这里指顿河畔纳希切万（Nakhichevan-na-Donu），这是一座位于顿河右岸的城市，北距大萨雷村二十多公里。

2

另外一次,我已经成了大学生,搭火车去南方。当时是五月天。在一个车站,好像是在别尔哥罗德[1]和哈尔科夫[2]之间,我走出车厢到月台上转转。

夜幕已低垂在车站的小花园、月台和田野上;火车站遮蔽了晚霞,但是从火车头飘出的最上端一股烟还染着柔和的粉红色泽,看来,太阳还没完全落下山去。

我在月台上走一走,发现大多数出来散步的旅客都只在一个二等车厢附近徘徊或站着,而且脸上带有一种表情,仿佛那节车厢里坐着某位知名人物。在这节车厢附近我所遇到的好奇围观者里,也包括我的旅行同伴,他是一位炮兵军官,聪明、和善又亲切的小伙子,就像我们会在路上偶遇但相识没多久又分手的人一样。

"您在这里看什么?"我问。

他什么也没回答,只用眼睛指向一个女人的身影给我看。这是一个还很年轻的女孩,十七八岁,一身俄罗斯服

---

[1] 别尔哥罗德(Belgorod),俄欧洲部分西南部城市,南距乌克兰边境约四十公里。
[2] 哈尔科夫(Kharkov),位于乌克兰东北的大城。

装打扮，头上没绑头巾，披肩随意披在一边肩上，她不是乘客，应该是站长的女儿或妹妹。她站在车厢的窗户旁，跟某个上了年纪的女乘客聊天。在我还没搞清楚我看到什么之前，忽然有一种感觉向我袭来，这是我在亚美尼亚村庄里曾感受过的。

这女孩是个出色的美人，这点绝对不会被我或那些跟我一起看着她的群众所怀疑。

假如照平常那样细细描绘她每个部分的样貌，那么确实完美的就只有她那金色波浪状的浓密头发，发丝披散而下，只用一条黑色发带系住，其他的一切，要么是不太对劲，要么就是非常普通。不知道是故作姿态卖弄风情，还是因为近视的关系，她的眼睛总是眯着，鼻子要翘又不翘的，嘴巴小，侧面轮廓没特色，勾勒起来没力道，肩膀窄小得不符合年纪，尽管如此，这女孩却给了我们一个真正美女的印象。还有，看着她，我深信俄罗斯人的面孔看起来要完美的话，是不需要严谨端正的轮廓的，况且，甚至要是把女孩上翘的鼻子换成其他直挺的，或整形过毫无瑕疵的，就像亚美尼亚女人那样，那么，似乎她这张新脸孔也就丧失了所有原本的美妙魅力。

女孩站在窗旁聊天，因夜晚的湿气而瑟缩着身子，不时望向我们，一下子两手叉腰，一下子又抬起手来整理头发。她说说笑笑，脸上的表情时而惊讶时而害怕，我不记得她的脸和全身上下有哪一刻是安静的。她美丽的秘密和魔力全在这些细微、没完没了的优雅动作里，在微笑中，在脸上的表情变化中，在匆匆瞥向我们的眼神中，在这些动作的细腻优美之中，并配上年轻、清新，以及谈笑声中流露出的纯洁心灵，还配上一股柔弱感，像是我们对孩童、鸟儿、小鹿或新生树苗所怜爱的那种特质。

这是一种小蝶儿般的美，华尔兹、花园里的翩翩飞舞和欢笑声就这么和着节拍，而这却是跟严肃思想、悲伤与平和不太搭调的美；似乎只要来一阵够大的风掠过月台，或下一场雨，让脆弱的身躯骤然凋萎，这任性无常的美就会像花粉般散落而去。

"是啊……"在第二声铃响我们走回自己车厢的时候，军官叹一口气含糊地说。

而这一声"是啊"意味着什么，我不愿去评断。

或许，他很忧愁，不想离开这美人和这春天的夜晚，回到滞闷的车厢；也或许，他像我一样，不知不觉同情起这美人，同情他自己和我，以及所有没精打采又不情愿慢慢走回自己车厢的乘客。军官行经车站建筑的窗户时，窗内的机器设备旁坐着一个脸色苍白的红发电报员，一头蓬松的鬈发，颧骨突出的脸庞，我的旅伴叹一口气说：

"我打赌，这个电报员爱上了这个漂亮女孩。在荒郊野外跟这样一个上天的创造物待在同一个屋檐底下而不爱上她——这是超乎人类的力量。多么不幸哪，我的朋友，看这多么可笑，这么一个有点驼背、蓬头乱发、乏味、不坏又不笨的人，也爱上了这个漂亮又傻气的女孩，可她却完全没留意！或者更糟糕：想想看，这个电报员爱上了她，但同时他却已经结了婚，他老婆也是像他这样有点驼背、蓬头乱发、人不坏……真是折磨呀！"

在我们车厢附近站着一位列车长，胳膊靠在月台的围栏上，也朝美人站的那个方向瞧着，他那张憔悴、皮肤松弛、饱足得令人不快、苦于夜夜失眠和车厢颠簸而疲惫的脸庞，流露出感动和至深的忧愁，仿佛他在女孩的身上看见了自己的青春、幸福，也看见了自己的清醒、洁身自好、妻子孩子；又仿佛他懊悔了，全身上下都感觉得出这个女孩不属于他，而对他这个早衰、笨拙且一脸油腻的人来说，要达到一般人或乘客所想望的幸福，是那么遥不可及，好像远在天边。

敲了第三声铃，哨音响起，火车懒懒地启动了。在我们的窗前，先是闪现列车长、站长，然后是花园，以及那个脸上带着一抹美妙、似小孩调皮的微笑的美人……

我头伸出去往后张望，我看到她目送火车离去，然后她在月台上走一走，经过电报员工作的窗户，理一理自己的头发，便跑去花园。车站已不再遮住西方，田野显得开阔许多，但太阳已经落下，缕缕黑烟弥漫在青绿茸茸的秋播田地上。一股忧愁散落在这个春天的空气中，在暗淡了的天空中，在车厢里。

我们熟悉的列车长走进车厢，开始点亮蜡烛。

---

* 本篇原作发表于一八八八年九月二十一日的《新时代》报，作者署名"安·契诃夫"。——俄语版编者注

看戏之后

娜佳·泽连妮娜跟妈妈从剧院看完《叶甫盖尼·奥涅金》[1]回家,一进自己房间,很快脱下外衣,松开发辫,只穿一条裙子和一件白短衫就急忙坐到桌前,为了要写一封像达吉雅娜[2]写的那种情书。

"我爱您,"她写,"但是您不爱我,不爱我!"

她写完笑了笑。

她才十六岁,还没爱上过谁。她知道军官戈尔尼和大学生格鲁兹杰夫都爱她,但现在看完歌剧之后,她很想怀疑他们的爱情。当个不被人爱又不幸的人——这会是多么有趣啊!当恋爱双方其中一位爱得多一些而另一位冷漠的时候,这里面就会有一种美丽、感人又诗意的东西。奥涅金有趣的地方是他完全不爱她,而达吉雅娜迷人之处是因为她非常爱他,假如他们彼此同样地相爱,幸福美满,那么,大概就会很无趣了。

---

[1] 这是俄国诗人普希金(A. S. Pushkin)最重要的作品,这里指柴可夫斯基(P. I. Tchaikovsky)一八七八年完成的歌剧,剧本由演员施洛夫斯基(K. S. Shilovsky)改编自普希金的同名作品;叶甫盖尼·奥涅金是男主角的姓名。契诃夫本人非常喜爱这部歌剧。

[2] 达吉雅娜是《叶甫盖尼·奥涅金》中的女主角,她爱上奥涅金,写了一封纯真又大胆的情书向奥涅金表白爱意:"天意如此:我是你的……我的命运从此托付给你……"结果却遭到对方拒绝。

"就别再向我保证您爱我了,"娜佳想着军官戈尔尼,继续写信,"我不会再相信您。您是非常聪明、有教养又认真的人,您的天赋极高,或许,一片灿烂前程等待着您,而我只是个无趣又渺小的女孩,您自己也知道,我在您的人生中只会碍事。没错,您迷恋着我,还以为遇见了理想的伴侣,但这是个错误,您现在就已经在绝望地自问:'为什么我要遇见这个女孩?'只不过是您的善良妨碍您承认这点罢了!……"

娜佳开始同情自己,她哭了起来,又继续写下去:

"我很难丢下妈妈和弟弟不管,不然我早就穿上修女袍离开了,能走多远就走多远。而您就自由了,可以去爱别人。啊,要是我死掉就好了!"

她隔着眼泪没办法看清楚写的东西;桌上、地板和天花板,都闪耀着转瞬即逝的彩虹,娜佳仿佛是透过三棱镜去观看这一切。她没办法再写了,往后倒向椅背,开始思念戈尔尼。

我的上帝啊,这些男人真是有趣,真是可爱呀!娜佳回想起,每当有人跟军官争论起音乐时,他的谈吐多么美好、讨喜、谦虚又柔和,这时他会努力克制自己,好让语气别太激动。在社交上,冷淡的高傲和漠不关心,被认为是良好教养和高尚品格的表现,因此要隐藏自己的热情。他也有隐藏,但没做好,所以他酷爱音乐这件事大家都一清二楚。对音乐没完没了的争论,以及外行人的大胆批判,搞得他一直情绪紧张,他吓到了,人变得胆怯不爱说话。他钢琴弹得极为出色,像个真正的钢琴家,假如他不当军官的话,那他大概会是一位著名的音乐家。

泪水在她的眼眶里干了。娜佳回想起,戈尔尼有一次在交响乐音乐会上向她表白爱意,随后在楼下的寄衣间附近再度向她告白,那时候四面八方吹着穿堂风。

"我非常高兴您还是认识了大学生格鲁兹杰夫,"她继续写,"他是非常聪明的人,想必您会喜欢他。昨天他来我们家,一直待到两点。我们全都兴高采烈,我还遗憾您没过来找我们。他讲了许多精彩的故事。"

娜佳双手搁在桌上,头向前低下,她的头发盖住了信纸。她想起,大学生格鲁兹杰夫也爱她,因此他也该拥有像戈尔尼一样的权利得到她的信。的确,给格鲁兹杰夫写封信不是更好吗?她的内心无缘无故冒起一阵欢喜:刚开始欢喜小小的,像皮球似的在心底滚动,之后它变大又变高,并且像浪一样涌出来。娜佳已经忘记戈尔尼和格鲁兹杰夫,她的思绪混乱,而欢喜还是越胀越大,从心中涌到了手脚，感觉似乎有一阵清凉的微风吹拂着头，发丝也开始骚动了起来。她的肩膀由于默默憋着笑而抖动起来，连桌子、台灯上的玻璃罩都在抖，眼睛淌出的泪水滴到信上。她无法停止这样的闷笑，为了让自己看起来不是没来由地笑，她连忙想想有什么好笑的事情。

"真是一只可笑的贵宾狗！"她感觉闷笑得快憋不住了，脱口而出，"真是一只可笑的贵宾狗！"

她回想起，昨天喝茶之后，格鲁兹杰夫是怎么跟贵宾狗玛克辛闹着玩的，然后他还讲了一个关于一只非常聪明的贵宾狗的故事，说它在庭院里追一只乌鸦，乌鸦却回头看它一眼说：

"哎，你这骗子！"

不知道怎么跟世故的乌鸦打交道的贵宾狗，非常难为情，困惑地倒退，然后才开始汪汪叫。

"不，我还是爱格鲁兹杰夫好了。"娜佳决定了，并撕掉这封信。

她开始想念大学生，想着他的爱，想着自己的爱，但结果却是——脑中的念头散了开来，接着她想到一切：妈妈、街道、铅笔、钢琴……她欢喜地想着，以为一切都很好、很棒，而这份欢喜告诉她，不会只是这样，再等一下子还会更好。很快就要到春天和夏天,她要跟妈妈去戈尔比基度夏,戈尔尼将会休假来访,他会跟她在花园散步,讨她欢心。格鲁兹杰夫也会来访,会跟她玩槌球、保龄球[1],向她说一些好笑或惊奇的事情。花园、暗夜、干净的天空和星星,这一切她都想要得不得了。她又笑得肩膀抖动起来。她感觉到,房间里有苦蒿[2]的气味,仿佛还有树枝在敲打着窗户。

她回到自己的床铺上,坐下来,不知道自己该拿这么多令人难受的欢喜怎么办,她看着挂在床头靠背上的圣像画说:

"主啊!主啊!主啊!"

---

1 这里原文指九瓶保龄球(Kegel),在户外草地上玩。
2 这是菊科蒿属植物(Artemisia),在《圣经》的许多章节里提到苦蒿的象征:苦楚,不忠、背叛、淫欲的苦果,上帝的惩罚,等等。

* 本篇原作发表于一八九二年四月七日的《圣彼得堡报》，原题名为《欢喜》，作者署名"安东·契诃夫"；此作可能是契诃夫在十九世纪八十年代末期未完成的长篇小说中的一部分，另外两篇契诃夫生前未发表的《在泽连宁家》《信》，由于体裁、内容、书信形式、人物等相关性，也被认为是此长篇小说计划的一部分。——俄语版编者注

在別墅

"我爱您。您是我的生命,我的幸福——是我的一切!请原谅我的告白,我无力再承受痛苦,再也不能沉默了。我要的不是情感的回报,而是同情。今晚八点您要来旧亭子一趟……我认为具名是多余的,但别被匿名吓着了。我年轻,长得漂亮……您还想要什么呢?"

别墅区[1]的度假客帕维尔·伊凡内奇·维霍德采夫,一个有家室的正派人,读完这封信后耸耸肩,困惑不解地搔搔自己的额头。

"什么鬼东西?"他想,"我是结了婚的人,突然收到这么奇怪……愚蠢的信!这是谁写的呢?"

帕维尔·伊凡内奇把信拿在眼前翻来翻去,又读了一遍,"呸"了一声。

"'我爱您'……"他滑稽地模仿,"她是把我当傻小子吗!要我突然跑去亭子找你!……我的老妈呀,我早就不搞这种恋爱把戏和什么'爱情花'[2]了……唉!大概是哪个昏了头的浪荡女……嘿,这些女人啊!应该是那种,上帝原谅,风骚女人,才会写这种信给陌生人,还是给结

---

1 俄国的城市居民夏天会到城外乡间的别墅度假,通常仅短期租用别墅区的房屋,对当地多半不熟悉。
2 原文为法语"fleurs d'amour"。——俄语版编者注

在别墅

了婚的男人！实在是道德败坏呀！"

帕维尔·伊凡内奇在自己整整八年的婚姻生活内，对细腻的情感已经生疏了，除了祝贺信之外，他没收过任何信件。因此，无论他怎么努力装出自然而然的威风模样，刚才的那封信还是让他窘迫又焦虑得不得了。

收信后过了一小时，他还躺在沙发上想：

"当然，我不是傻小子，不会跑去这个愚蠢的约会地点，不过还是很有兴趣知道这是谁写的。嗯……笔迹毫无疑问是女人的……信写得真诚用心，所以这大概不会是开玩笑……或许，是哪个心理变态的女人或寡妇……寡妇总是轻浮又古怪。嗯，这会是谁呢？"

这个问题很难解决，尤其在整个别墅区里，除了老婆之外，帕维尔·伊凡内奇没有半个认识的女人。

"奇怪了……"他困惑不解，"'我爱您'……到底她什么时候来得及爱上我？真是令人惊讶的女人！她就这么无缘无故爱上了，甚至没相识，也不清楚我是个什么样的人……她应该还太年轻、浪漫，如果看个两三眼就能相爱的话……不过……她是谁呢？"

突然间，帕维尔·伊凡内奇想起来，昨天和前天，他在别墅附近散步的时候，好几次遇到一位年轻的金发女子，身穿浅蓝色连衣裙，鼻头有点上翘。那位金发女子不时看他一眼，当他坐到长椅上时，她还往他身边坐下……

"是她吗？"维霍德采夫想，"不可能！难道这个如蜉蝣般的娇弱生命会爱上像我这种又老又干瘪的鳗鱼吗？不，这不可能！"

午餐的时候帕维尔·伊凡内奇眼神呆滞地望着妻子，沉思着：

"她写道，她年轻，长得漂亮……所以说，不是老太婆……嗯……真的，凭良心说，我还没那么老、那么糟到人家不能爱上我……老婆也爱我呀！更何况，爱情冲昏头——你连山羊也会爱[1]……"

"你在想什么？"妻子问他。

"没什么……头有点痛……"帕维尔·伊凡内奇撒了谎。

他觉得去关注情书这种小事情很愚蠢，要嘲笑情书和它的作者才对，但是——唉！——人类的天敌很强大。午餐后，帕维尔·伊凡内奇躺在自己的床铺上，他没睡觉，而是在想：

---

1 这句是俄国谚语，意为"爱情使人盲目"；山羊通常指蠢而固执的人。

"那要是她希望我去呢！这就是傻瓜了！我想想看，她在亭子里找不到我的时候，可真是会着急得连后腰垫[1]都直发抖呢！……我才不去……管她的！"

但是，我再说一次，人类的天敌很强大。

"不过，就只是，好奇过去一下……"过了半小时，这位别墅度假客心想，"过去远远看一下，到底是在搞什么把戏……看一看会很有趣！就只是笑一笑！确实，如果时机恰当，为什么不笑？"

帕维尔·伊凡内奇从床上起身，开始穿衣服。

"你打扮得这么漂亮要去哪儿？"他的妻子看到他穿上干净的衬衫、系上时髦的领带，问他。

"没什么……想出去走走……头有点痛……嗯……"

帕维尔·伊凡内奇打扮好，等到了七点就从家里出去。他眼前一片洒满落日余晖的浅绿背景上，浮现别墅区男男女女盛装打扮的缤纷色彩，这时候他的心跳加速。

---

[1] 后腰垫（原文为法语"tournure"），十九世纪末流行在女性裙装内衬的后腰臀部附近安装软垫，让下半身看起来有丰腴柔软的感觉，行走起来婀娜多姿。契诃夫在另外一篇小说《十年或十五年后的婚姻》（一八八五）中嘲讽过穿着这种裙子的女人坐下时要有三张椅子，一张自己坐，另两张则给后腰垫坐。

"是他们之中的哪位呢?"他想,腼腆地斜眼看看那些女人的脸庞,"但没看到金发女子……嗯……如果她写了信,那么,就该会在亭子里待着……"

维霍德采夫步入小径,在路的尽头,高大椴树的新叶之间露出了"旧亭子"……他静悄悄地放慢脚步过去……

"我就远远看一下,"他犹疑地向前移动,心里想,"嘿,我在怕什么?我可不是要去赴约会!这个……傻瓜!大胆点走吧!那要是我走进亭子又怎样呢?好啦……不必了吧!"

帕维尔·伊凡内奇心跳得越来越厉害……他不由自主地突然想象到亭子里的昏暗情景……在他的想象中,闪过一位身穿浅蓝色连衣裙的苗条金发女子,她的鼻头有点上翘……他想象着,她因为自己表白了爱意而感到多么害臊,浑身发抖,羞怯地靠近他,热情地喘息着……突然间紧紧将他搂在怀里。

"要是我没结婚,这倒不算什么……"他驱赶脑袋里一些犯罪念头,又想,"不过……一辈子不妨去体验一次,不然你就这么死了,还不知道这到底是搞什么把戏……那老婆……唉,她会怎么样呢?感谢上帝,八年来我寸步不离守着她……无可指摘地服务了八年!对她来说也够了……甚至想到就有气……我打算就这么做,我要用背叛来故意气气她!"

帕维尔·伊凡内奇浑身发抖,屏住气息,走近爬满常春藤和野葡萄的亭子,朝里面看了看……他感到一股潮气和霉味……

"好像没人……"他走进亭子心里想,随即在角落看到一个人影……

这人影是个男人……帕维尔·伊凡内奇仔细看看他,认出这是他老婆的弟弟,住在他别墅里的大学生米佳。

"啊,是你吗?……"他语带不满地含糊说着,脱帽坐下。

"对,是我……"米佳回答。

两个人差不多沉默了两分钟……

"对不起,帕维尔·伊凡内奇,"米佳开口,"我想请您让我一个人留在这里……我正在构思学位论文……不管是谁在这里都会打扰到我……"

"那你随便去一个林荫小径吧……"帕维尔·伊凡内奇温和地说,"在空气好的户外思绪会更好,而且……那个——我很想在这里的长椅上睡一会儿……这里没那么热……"

"您是要睡觉,而我是要构思论文……"米佳发牢骚,"论文更重要……"

又陷入一阵沉默……已经被想象牵着走的帕维尔·伊凡内奇不时听到脚步声,他突然跳起来,语带哭声地说:

"好啦,我求你,米佳!你比我年轻,应该给我面子……我不舒服……想要睡觉……你走吧!"

"这太自私了……为什么只有您才能在这里,而我不行?基于原则我不走……"

"好啦,我求你!就当我是自私鬼、暴君、蠢蛋……但我求求你!这辈子就这一次求你!答应我吧!"

米佳摇摇头……

"真是畜生……"帕维尔·伊凡内奇想,"有他在场可就约不成会了!有他在不行!"

"你听我说,米佳,"他说,"我最后一次求你……让我看看你是个聪明、厚道又有教养的人吧!"

"我不了解您是在纠缠什么……"米佳耸耸肩,"我说过,我不走,哼,我就是不走。基于原则我要待在这里……"

这时候突然有个鼻头有点上翘的女性面孔朝亭子里看了一看……

那人看见米佳和帕维尔·伊凡内奇,皱了皱眉头就不见踪影……

"她走了!"帕维尔·伊凡内奇想,愤恨地望着米佳,"她看见这个下流坯子就走了!一切都完了!"

维霍德采夫又等了一下才站起来,戴上帽子说:

"你这畜生,下流坯子,恶棍!对!畜生!下流……又愚蠢!我们之间一切都完了!"

"非常乐意!"米佳也站起来戴上帽子,嘴里埋怨,"您要知道,您刚刚对我搞的这种下流把戏,我到死都不会原谅您!"

帕维尔·伊凡内奇走出亭子,气得不得了,快步走回自己的别墅……连备好的一桌晚餐都没办法让他平静下来。

"一辈子才出现一次的机会,"他激动不安,"就这么被毁了!现在她受了侮辱……一定绝望透了!"

晚餐的时候,帕维尔·伊凡内奇和米佳都盯着自己的盘子,郁闷地不说话……这两人彼此满心痛恨。

"你这是在笑什么?"帕维尔·伊凡内奇突然问老婆,"只有那些傻女人才会没事乱笑!"

妻子看一眼气呼呼的丈夫,扑哧一笑……

"你今天早上收到的是什么信呀?"她问。

"我?……我没收到什么……"帕维尔·伊凡内奇觉得难为情,"你胡想……乱想……"

"是吗?那你说说看!坦白吧,说你收到信了!这信可是我送给你的呢!老实说,是我写的!哈哈!"

帕维尔·伊凡内奇脸色涨红,身体快弯到盘子上了。

"愚蠢的玩笑。"他埋怨。

"但还有什么办法!你自己想想看……我们今天本来该洗地板,要怎么把你们从家里赶出去呢?也只能用这种方法来赶你……但你别生气,傻瓜……为了不让你在亭子里觉得无聊,我也给米佳送了一封同样的信!米佳,你有去亭子吗?"

米佳傻笑了一下,不再含恨看着自己的对手了。

* 本篇原作发表于一八八六年的《闹钟》杂志第二十期,作者署名"A. 契洪特"。——俄语版编者注

泥淖

1

一位上身穿着雪白军服的年轻人，骑着马优雅地晃进了"罗特施坦继承人"伏特加工厂的大院子。阳光无忧无虑地微笑，映在中尉肩章的小星星上、白桦树的树干上，以及院子里散落四处的一堆堆碎玻璃上。万物披上了夏日明亮爽健的美，没有任何东西会妨碍鲜嫩的花草树木愉快地摆动，并且跟晴朗的蓝天相互眨眨眼。甚至砖棚肮脏熏黑的外观和杂醇油[1]令人窒息的臭味，都不会破坏整体的好心情。中尉愉快地跳下马，把马匹交给跑来迎接的人，然后用手指抚一抚自己嘴上又细又黑的短髭，便走进正门。在老旧但明亮、铺着地毯的阶梯最上层，一个看起来年纪不小而且有点傲慢的女仆出来迎接他。中尉默默递给她名片。

女仆拿着名片往房间里走，读着上面写的"亚历山大·格里戈里耶维奇·索科利斯基"。一会儿之后，她回来告诉中尉，小姐没办法见他，因为她觉得不太舒服。索科利斯基望一望天花板，噘长了下嘴唇。

---

1 制酒精的副产品，味道不好。

"很遗憾!"他说,"您听我说,我亲爱的,"他语气强烈地说,"去跟苏珊娜·莫伊谢耶芙娜说,我非常需要跟她谈谈。非常需要!我只耽搁她一分钟就好。请她见谅。"

女仆耸耸一侧肩膀,不太情愿地去找小姐。

"好!"稍后她回来叹了口气说,"请吧!"

中尉跟在她后面,经过了五六间装潢奢华的大房间和走廊,最后不知不觉来到一间宽敞的方形房间。踏进那里的第一步,他就被大量的开花植物和有点甜又浓得让人厌恶的茉莉花香给吓了一大跳。花朵沿着墙面格架蔓延而去,遮住了窗户,从天花板悬吊而下,缠绕在角落,因此这房间更像是温室,而不像是给人住的地方。这里有山雀、金丝雀和金翅雀幼鸟,叽叽喳喳地在花草间蹦蹦跳跳,碰撞玻璃窗。

"抱歉,我让您在这里会面!"中尉听到一个嘹亮的女人嗓音,弹舌音发得不好,却也不无可爱之处,"昨天我偏头痛,不想今天再发作,因此我尽量少走动。您有什么事吗?"

在入口正对面有一张大的老人扶手椅,上面坐着一个女人,头向后仰靠着枕头,身穿昂贵的中国式居家长袍,一条毛料披巾包缠着头,因此只能看到苍白且末端尖锐的长鼻子和那微拱的鼻梁，还有一只大大的黑眼睛。宽大的长袍遮掩了她的身高和体形，但是从白皙的漂亮手臂、声音、鼻子和眼睛来看，她的年纪至多二十六岁到二十八岁。

"抱歉，我这么坚持……"中尉开口说，靴子的马刺弄得叮当响，"很荣幸向您做自我介绍：我姓索科利斯基！我来是受我的兄弟之托，也是您的邻居，阿列克谢·伊凡诺维奇·克留科夫，他……"

"啊，我知道！"苏珊娜·莫伊谢耶芙娜打断他的话，"我认识克留科夫。您坐下，我不喜欢面前站了个这么大的东西。"

"我的兄弟委托我向您请求帮忙。"中尉坐下来继续说，靴子的马刺又弄得叮当响，"事情是这样的，您已故的父亲在冬天时向我的兄弟买了燕麦，还欠他一笔不大的款项。票期不过就在一个星期之后，但是我兄弟恳请您，能否今天付清这笔债款？"

中尉说话时，还斜眼瞄着旁边。

"我好像是来到卧室了？"他想。

在房间的其中一个角落，花草长得比其他地方更密更高，在一组粉红色、实在很阴森的床帐下，摆了一张压皱了的床铺，床上还很凌乱。床那边的两张扶手椅上，堆满揉皱了的女人衣服,其中有一些绲着花边、皱褶的衣裙下摆和袖子,都垂到了地毯,地上处处可见饰带,还有两三个烟头、糖果包装纸……床底下可以看到一长排各式各样钝头或尖头的鞋子。中尉觉得,那太过甜腻的茉莉花香不是从花朵来的,而是从床铺和那排鞋子上散发出的。

"那票是开的多少数目?"苏珊娜·莫伊谢耶芙娜问。

"两千三。"

"啊哈!"这犹太女人露出了另外一只大大的黑眼睛说,"那您还说——不多!不过,本来今天付或一星期后付都无所谓,但父亲死后,我这两个月有这么多款子要付……那么多蠢事要忙,让人晕头转向啊!拜托拜托,我想到国外去,却被这些蠢事缠身。什么伏特加、燕麦……"她半闭着眼睛喃喃说着,"燕麦,票据,利息,或者像我的大管家说的'厘息'[1]……这真可怕。昨天我才赶走了税务员。他带着一个特拉列斯[2]来烦我。我告诉他:您跟您那个见鬼的特拉列斯滚开吧,我谁也不见!他吻了我的手

---

[1] 中译的"厘息"(原文拼音"pruchent"),即指发音不准的"利息"(原文拼音"protsent"),文中用来嘲讽大管家。

[2] 此处指德国物理学家特拉列斯(J. G. Tralles)发明的一种确定酒中的酒精含量的检测器;可以想见当时伏特加是按酒精浓度课税的。

便离开了。您听我说,您兄弟能否再等上两三个月呢?"

"好狠的问题!"中尉笑了起来,"我兄弟可以等上一年,但是我可不能等!因为这是我,必须告诉您,为了自己的私事奔走。我无论如何都需要一笔钱,而我兄弟好像故意似的,一点闲钱都没有。我不得不到处去收债。刚刚去了佃农那里,现在就在您这边坐着,在您之后我还要去哪里转转,在我拿到五千卢布之前都得如此。我非常需要钱!"

"够了,一个年轻人要钱还能拿去干什么呢?想作怪还是胡搞?怎么,您是吃喝玩乐花太多了?赌博输了?还是要结婚了?"

"您猜对了!"中尉稍微挺起身子,笑了起来,马刺叮当响了一下,"确实,我要结婚……"

苏珊娜·莫伊谢耶芙娜凝视着客人,摆出一脸愁苦的样子,并叹了一口气。

"我不了解,人何苦要结婚呢!"她说,并找了找身边的手帕,"生命这么短,自由这么少,而他们还要把自己绑起来。"

"各人有各人的观点……"

"对,对,当然,各人有各人的观点……但是,您听我说，难道您要跟一个穷女人结婚？爱得火热吗？那您为什么一定要五千卢布，而不是四千或三千呢？"

"她话还真多！"中尉心想。然后他回答："事情是这样的，按规定军官不得早于二十八岁结婚。如果想结婚，那你要么办退伍，要么就缴五千卢布保证金。"

"啊哈，现在了解了。听我说，您刚刚说的，各人有各人的观点……或许，您的未婚妻是某个特别又出色的女人，但是……我绝对不了解，一个规规矩矩的人怎么能够跟一个女人生活？就算杀了我也不了解。感谢主，我已经活了二十七岁了，但我这辈子从来没见过一个还算不错的女人。全都是装腔作势的人、不道德的人、撒谎家……我只能忍受女仆和厨娘，而所谓上流女人，我是不会让她们靠近我的。对，感谢上帝，她们自己也讨厌我，不会来烦我。假如有女人需要钱，那她会派丈夫来，自己绝对不会来，不是因为骄傲，不，就只是懦弱，她害怕，想要我别跟她吵。啊，我太了解她们的好恶了！可不是吗！我坦诚地公开给大家看，她们却是在全力逃避上帝和人们。所以她们怎么能不讨厌我呢？关于我，想必人家已经向您说了许多难以置信的话了吧……"

"我不久前才到这里，所以……"

"喏，喏，喏……我看得出来！那难道您嫂子没给您交代一下吗？放一个年轻人来找这么可怕的女人而不预先警告——怎么可能？哈哈……但又怎样，您兄弟好吗？他可真行，这么俊俏的男人……我好几次在日祷时看过他。您干吗这样看我？我经常上教堂的！大家的上帝都是同一个。对有教养的人来说，比起思想，外表就不那么重要……不是吗？"

"是，当然……"中尉微微一笑。

"对，思想……您完全不像您的兄弟。您也俊俏，可是您兄弟更俊俏。真叫人惊讶，这么不相像！"

"这不奇怪：因为我们不是亲兄弟，是表兄弟。"

"对，就是嘛。那么，您今天一定需要钱吗？为什么是今天？"

"过几天我就要收假了。"

"唉，还能拿您怎么办呢？"苏珊娜·莫伊谢耶芙娜叹了口气，"就这样吧，钱我给您，虽然知道您将来会骂我。婚后您跟妻子吵架时，您会说：'要是那个身上长疮的吝啬鬼婆子没给我钱的话，那我或许还自由得像鸟儿一样！'您的未婚妻漂亮吗？"

"是，还不错……"

"嗯！……毕竟要有点什么才好，外表漂亮也好，比起什么都没有要来得强。不过，对丈夫来说，女人再怎么漂亮也弥补不了她自己的空洞乏味。"

"这真新奇！"中尉笑起来，"您自己是女人，却又这么讨厌女人！"

"女人……"苏珊娜冷笑一声，"难道上帝给了我这样一副躯壳是我的错吗？我这里的错，就像是您有髭须一样的错。选什么样的琴盒不是小提琴可以做主的。我非常爱自己，但是每当人家提醒我是个女人，我就会开始痛恨自己。唉，您离开这里吧，我要换衣服。您到客厅等我。"

中尉出去的第一件事就是深深呼一口气，来摆脱浓浓的茉莉花香，摆脱这种已经开始让他头晕和喉咙发痒的味道。他受到了惊吓。

"真是奇怪的女人！"他四下张望，心里想，"说话有条理，但……就是话太多，也太直了。有点像是精神病患者。"

他现在站着的客厅，装潢豪华，意图追求奢华与时髦。那里有暗淡的刻着浮雕的青铜盘，桌上摆着尼斯和莱茵河的风景画，还有古老的壁灯、日本的小雕像，但这一切追求奢华与时髦的意图，只更突显了缺乏品位——镀金的装潢线板、缤纷的花壁纸、明亮的丝绒桌巾，以及沉重画框里劣等的石印油画，无不坚定地大肆宣扬着这点。未完工的样子和多余碍眼的东西，更强化了这儿缺乏品位，感觉好像少了些什么东西，似乎又有很多东西应该扔掉。看得出来，这整体的样貌并非一下形成，而是一点一滴，趁着减价出售的便宜时机才拼凑而成的。

中尉自己的品位也并不怎么样，但连他都注意到，这里整体的样貌带有一点个人特色，是无法用奢华和时髦擦拭掉的，这就是——完全没有女人的痕迹，没有女主人亲手布置房间时所赋予的，众所周知的那一抹温暖、诗意和舒适的调调。这里令人感到冰冷，像是在火车站的房间、俱乐部或剧院的休息室一样。

房间里几乎没有什么是犹太人特质的东西，除了一幅大尺寸的画，描绘的是雅各和以扫的相见[1]。中尉环顾

---

1 典出《圣经·创世记》的"以扫卖长子的名分"（25:27—34）到"雅各和以扫相见"（33:1—11）等情节，描写这对孪生兄弟争夺长子继承权最终和解的故事。先出生的以扫看轻名分，喝了雅各煮的红豆汤而卖了名分。之后雅各又冒充以扫得到盲眼父亲的祝福，兄弟俩结怨，雅各被迫寄居外地二十年。最终雅各回到家乡与兄长相见："雅各举目观看，见以扫来了……一连七次俯伏在地，才就近他哥哥。以扫跑来迎接他，将他抱住，又搂着他的颈项与他亲嘴，两个人就哭了。"（和合本）

泥淖

四周,想着这个刚刚认识的奇怪女人,想到她的放肆和说话态度,便耸了耸肩膀。这时候门打开了,她本人出现在门槛上,身材匀称,一袭长长的黑色连衣裙,腰肢勒得紧实,仿佛雕琢过似的。现在中尉就不只看到鼻子和眼睛了,还看到白皙瘦削的脸蛋,以及卷得像是羔羊毛的一头乌黑鬈发。他不喜欢她,但并不是因为她不漂亮。总之,他对非俄罗斯人的脸庞都抱着一股成见,而且他还发现,这位女主人的乌黑鬈发、浓眉跟那白皙的脸蛋非常不搭,不知怎的那张脸洁白得让他想起过甜的茉莉花香,还有她的耳朵和鼻子都苍白得吓人,像是死人的或是用透明的蜡制成的。她微笑时会连着牙齿露出苍白的牙龈,这点他也不喜欢。

"萎黄病[1]……"他想,"想必她像火鸡一样神经紧张。"

"我这不就来了!我们走吧!"她说,快速走向前超越他,并沿路从花丛间摘掉一些发黄的叶子,"我现在给您钱,如果您愿意的话,我还供您吃早餐。两千三百卢布吧!好买卖之后您会有好胃口吃东西的。您喜欢我的房间吗?本地的太太们都说我这里有大蒜味。她们所有说笑的

---

[1] 一种贫血病症,容易使人脸色苍白。

本领就只限于这种厨房里的玩笑。我很快会让您相信,我甚至在地窖里都没放大蒜。还有一次,一个浑身大蒜味的医生来拜访我,我便请他拿着自己的帽子,到别的地方散发他的芬芳。我这里的味道不是大蒜味,而是药味。父亲瘫痪在床一年半,因此整屋子都染上了药味。一年半!我同情他,但我很高兴他死了,他是那么痛苦!"

她带军官走过两间很像客厅的房间,穿过大厅,停在自己的书房,房里放了一张女用小书桌,上面摆满了小饰品。一旁地毯上扔着几本页面翻开和折角的书。书房里开有一扇不大的门,从那里望过去可以看到一张摆了早餐的桌子。

苏珊娜唠叨个不停,从口袋里掏出一串小钥匙,打开了一个奇特的柜子,它有个又弯又斜的顶盖。把盖子拉上来的时候,柜子便呜呜响着,发出一种悲伤的曲调,让中尉想起了风弦琴[1]。苏珊娜又选了一把钥匙,再次啪的一声开了锁。

"我这里有地下通道和暗门,"她拿出一个不大的精制的羊皮包说,"可笑的柜子,不是吗?而我的财产有四分

---

[1] 利用风吹琴弦产生共鸣的乐器,声音哀戚。

之一都在这个皮包里。您看看,它鼓得多么大呀!您可不会把我掐死吧?"

苏珊娜抬头望着中尉,和气地笑了起来。中尉也跟着笑了。

"她倒是可爱!"他心里想,看着那些钥匙在她手指之间快速转呀转的。

"这就是了!"她从皮包里挑出一把小钥匙说,"好吧,债主先生,把票据赏来看看吧。其实,老是说钱真是蠢啊!多么微不足道,而女人却又多么爱它呀!您知不知道,我是彻头彻尾的犹太人,我疯狂爱着施穆利和扬克利[1],但在我们闪米特人[2]的血液里有一样令我讨厌的东西,就是贪图轻易得到的钱财。只会攒钱,自己也不知道为了什么攒钱。人需要生活和享受,而他们却怕多花一戈比[3]。在这方面,我更像是骠骑兵[4],而不像施穆利。我不喜欢把钱摆在同一个地方太久。所以总之呢,我不太像个

---

1 两者皆为犹太人的名字,这里泛指犹太人。
2 闪米特人(Semites),古代包括希伯来人、阿拉伯人等。
3 俄国货币的最小单位,1戈比等于0.01卢布,比喻极少的钱。
4 骠骑兵(原文为匈牙利语"huszar"),一种轻骑兵,这里指外表光鲜且爱挥霍钱财的人。

犹太女人。我的口音大大泄露了我的出身,是吗?"

"怎么跟您说呢?"中尉觉得难以开口,"您说得很地道,不过弹舌音发得不好。"

苏珊娜笑了起来,把小钥匙插进皮包上的小锁。中尉从口袋里拿出一小沓票据,跟笔记本一起放在桌上。

"没有其他东西比口音更会出卖犹太人了,"苏珊娜愉快地望着中尉继续说,"无论犹太人怎么硬把自己冒充成俄国人或法国人,只要叫他说'茸毛'这个词,他就会跟您说:'聋毛[1]……'而我可说得很标准:茸毛!茸毛!茸毛!"

两人笑了起来。

"她实在很可爱!"索科利斯基心想。

苏珊娜把皮包放在椅子上,靠向中尉一步,自己的脸挪近他的脸,愉快地继续说:

"除犹太人之外,没有比俄国人和法国人更让我喜爱的了。我在中学学得差,历史没搞懂,但我觉得,世界的命运是掌握在这两个民族的手里的。我长期住在国外……

---

[1] "茸毛"的俄语为"пух","聋毛"的俄语为"пэххх",这里用来嘲讽发音不准。

甚至在马德里住过半年……各式各样的人我看多了,才有这么坚定的观点:除了俄国人和法国人,就没有任何一个规规矩矩的民族了。就拿语言来说吧……德语像马的语言。英语——无法想象还有什么比它更蠢的了:发-飞-呼[1]!意大利语只有在你慢慢说的时候好听,要是听意大利的多嘴女人说话,那就跟听犹太人的黑话一个样。那波兰人呢?我的上帝,主啊!没有比这更讨人厌的语言了!'Ne pepshi Petshe vepshe pepshem, bo moje prepepshit' vepshe pepshem.'[2] 这意思是:彼得,不要给乳猪撒胡椒,不然你会给乳猪撒太多胡椒。哈哈哈!"

苏珊娜·莫伊谢耶芙娜转着眼珠子笑了起来,笑得那么可爱,那么有感染力,看着她的中尉也跟着愉快地哈哈大笑起来。她抓着客人衣服上的纽扣继续说:

"您当然不喜欢犹太人……我不争辩,他们缺点很多,就像所有民族一样。但这难道是犹太人的错吗?不,不是犹太人的错,而是犹太女人的错!她们头脑不太聪明,贪婪,一点诗意也没有,无聊……您从来没跟犹太女人生活

---

[1] 俄语原文为拟声词"файть-фийть-фюйть",这里直接音译为"发-飞-呼",此处嘲讽英语是听起来发音相似又令人莫名其妙的语音。
[2] 这里几乎每个词都有"psh"的音,仿佛是刻意选绕口令似的句子来嘲讽。

过，就不会知道这当中的迷人之处了！"

最后几个字苏珊娜·莫伊谢耶芙娜是拖长着音说出来的，她已经不再兴奋地笑着。她沉默下来，好像被自己的坦率给吓了一跳，她的脸突然变得奇怪而难以理解。她的眼睛眨也不眨地盯着中尉，嘴唇张开，露出了细窄的牙齿。在她的整张脸上、颈子上，甚至胸脯上，都抖动起一种凶恶猫咪似的表情。她的视线没离开客人，身体却迅速转向另外一边，然后像只猫似的急速地从桌上抓起某个东西。这一切不过几秒钟。中尉紧盯着她的动作，看到她五根手指是如何把他的票据揉成一团，看到那张白晃晃又沙沙作响的纸如何在他眼前一闪而过，便消失在她的拳头里。从和善的笑到犯罪，苏珊娜如此剧烈又不寻常的转变，使他过于震惊，以致脸色发白，后退了一步……

而她继续在他那吃惊又探询的目光注视下，紧握拳头并沿着大腿找寻口袋。那拳头像条被捉住的鱼挣扎扭动，在口袋附近转来转去，却怎么都塞不进口袋缝隙。眼看下一瞬间票据就要消失在女人衣服的某个神秘暗处，中尉这才轻轻喊了一声，不是出于理智，而是出于本能，他一把抓住犹太女人紧握拳头的手腕。而她更龇牙咧嘴，用尽全力挣扎，终于把手挣脱开来。于是索科利斯基的一只手紧紧卡住她的腰,另一手则抱住她的上身,他们开始近身肉搏。担心有辱女性尊严,也怕伤了她,他尽量不让她乱动,只想抓住握有票据的手,而她却像条鳗鱼似的在他的怀里不断扭动自己灵活矫健的身躯,设法挣脱,用肘撞他的胸,用手抓来抓去,因此他两手在她全身上下游走,不得已弄痛了她,也羞辱了她。

"这真是不寻常!真是太奇怪了!"他心想,无法从惊讶中回神,不敢相信自己,觉得自己整个人被茉莉花香给冲昏头了。

他们没说话,重重喘气,脚下绊着家具从这边打到那边。这场肉搏战让苏珊娜越打越起劲。她满脸通红,闭上眼睛,甚至有一次忘我地将自己的脸贴紧在中尉的脸上,因此在他的唇上留下了淡淡香甜。最后,他抓住了她的拳头……掰开它却没发现票据,他放开了犹太女人。他们涨红了脸,披头散发,重重喘气,彼此对望着。犹太女人脸上如凶恶猫咪似的表情渐渐变成和善的微笑。她哈哈大笑,并且用单脚转过身,朝着摆好早餐的房间走去。中尉拖着步伐慢慢跟着她。她在桌前坐下,依旧涨红着脸,重重喘气,喝干了半杯波特酒。

"听着,"中尉打破沉默,"相信您是在开玩笑吧?"

"一点也不。"她回答，嘴里塞进一小片面包。

"哼！……那您打算怎么解释这一切？"

"随便您怎么想。您坐下来吃早餐吧！"

"但是……这不太正当！"

"或许吧。不过，您别费心对我说教了。我看事情自有一套观点。"

"您不交出来吗？"

"当然不要！您要是个穷困不幸的人，什么也没的吃，嘿，那就是另外一回事，而你——却是想结婚！"

"但这可不是我的钱，是表兄的！"

"那您表兄要钱干吗？给他老婆买衣服？您的嫂子[1]有没有衣服穿，我一点都不在乎。"

中尉已经不记得自己是在别人屋子里，而且还是在陌生女士的家里，他顾不上体面了。他在房间里来回走动，愁眉苦脸，焦虑地揪着小背心。在他眼中，犹太女人的行为不检点，在作践自己，因此他觉得自己变得更大胆、更放肆了些。

"见鬼了！"他嘟囔着，"您听着，没从您那里拿到票

---

1 原文为法语"belle-soeur"。

据,我是不会离开这里的!"

"啊,那更好!"苏珊娜笑着,"您就在这里住下来也好,我还更高兴。"

搏斗后心情激动的中尉,盯着苏珊娜笑着的不知羞耻的脸、咀嚼的嘴和大力喘息的胸脯,他变得更大胆、更随便了。他不再想票据的事,而是情不自禁有点贪婪地想起表兄说过的故事,关于这犹太女人的风流奇闻,关于她放荡不羁的生活,这些念头只更激励了他的随便放肆。他猛地坐到犹太女人身旁,不想票据,开始吃东西……

"您要伏特加还是葡萄酒?"苏珊娜笑着问,"那么您是要留下来等票据吗?可怜虫,您得在我这里度过多少个昼夜等着票据呀!您的未婚妻没意见吗?"

2

五个小时过去了。中尉的表兄阿列克谢·伊凡诺维奇·克留科夫,穿着居家罩衫和鞋子在自己庄园里的几个房间走来走去,不耐烦地看看窗户。这是一个高大结实的男人,留着一大把乌黑的胡子,一脸刚毅。犹太女人说得没错,他长得俊美,尽管已经到了男人会过度发胖、皮肉松弛和秃头的年纪。在精神和理智上,他也拥有我们知识分子才富含的那些性格:热心、和善、有教养,了解科学、艺术、信仰和骑士的荣誉观念,但就是肤浅又懒惰。他爱吃好的喝好的,打得一手好牌[1],懂得欣赏女人和马,但在其他方面就不太拿手,呆板得像海豹一样。若要把他从安逸状态中叫出来,非得有点什么不寻常的、令人愤恨的事情发生,到时候他可就会忘记世上的一切,展现无比的活力:像是找人决斗啦,写七张纸的长信向部长告状啦,骑马跑遍全县城啦,当众大骂哪个人"下流坯子"啦,打官司啦,等等。

"我们的沙夏[2]怎么到了现在还没回来?"他看着窗户问妻子,"这下就要吃中饭了!"

克留科夫夫妻两人等中尉一直到六点也没等到,便坐下来先吃了。到晚上已经该吃晚餐的时候,阿列克谢·伊凡诺维奇仔细听了听有没有脚步声、敲门声,结果只是耸了耸肩。

"怪了!"他说,"这个滑头的年轻军官应该是在哪个

---

[1] 原文为文特牌(Vint),是一种从英国惠斯特牌(Whist)演变而来的四人纸牌游戏。
[2] 索科利斯基的昵称。

承租户那里耽搁了。"

晚餐后克留科夫躺下睡觉，他这么想：中尉在承租户那里做客，好好痛饮了一番后便留下过夜了。

亚历山大·格里戈里耶维奇回到家已经是隔天的早晨。他的表情非常尴尬又无精打采。

"我需要跟你单独谈谈……"他神秘兮兮地跟表兄说。

他们进了书房。中尉关上门，说话之前，他在房里来来去去走了好久。

"老兄，发生了一件事，"他开口，"我不知道该要怎么跟你说。你不会相信的……"

他涨红了脸，没看表兄，结结巴巴地把票据的事情说了出来。克留科夫叉开两腿，低下头听着，皱起眉头。

"你这是开玩笑吧？"他问。

"去你的，我开玩笑？哪里像玩笑！"

"我不了解！"克留科夫喃喃地说，沉着一张涨红的脸，两手一摊，"这甚至……从你的角度来说也不道德。一个好动的年轻女人在你眼前搞出了鬼才知道是什么的事，犯下刑事罪，干了下流勾当，而你却凑过去跟她接吻！"

"但我自己也不了解这是怎么发生的！"中尉低声说，愧疚地眨眨眼，"说真的，我不了解！这辈子头一次遇到这种怪物！她不是以美貌取胜，也不是聪明，而是，你了不了解，是不要脸、无耻……"

"不要脸、无耻……你倒是推得干干净净！假如你真想这么不要脸和无耻，那就去烂泥里抓一只猪来，然后活活吃掉它！那样至少还便宜一点，那可是——两千三啊！"

"瞧你拐弯抹角讲什么！"中尉眉头一皱说，"我还给你这两千三就是了！"

"我知道你会还，但这难道是钱的问题吗？就叫这些钱见鬼去吧！让我生气的是你的软弱、没主见……胆小得不得了！你还是个未婚夫！有未婚妻了！"

"不必你提醒……"中尉红着脸说，"我现在也讨厌自己，随时准备钻到地下去……为了五千卢布，现在还得去纠缠阿姨，真是让人厌恶又懊悔……"

克留科夫气了好久，发着牢骚，之后他安静了下来，坐在沙发上，时不时取笑一下表弟。

"中尉！"他语带轻蔑嘲讽地说，"未婚夫！"

突然间他跳了起来，像被蜇到似的，跺一下脚，在书房里快步来回走动。

"不，这事我不会就这么算了！"他挥动着拳头说，

"我会把票据拿回来的！一定会！我会押她过来！一般人不打女人，但我要重重打她一顿……打得她体无完肤！我不是中尉！少用不要脸和无耻来惹我！门都没有，让她见鬼去吧！米什卡，"他喊，"快去叫人帮我备好快马车！"

克留科夫迅速穿好衣服，不理会惊慌的中尉，坐上马车，果决地挥挥手，便往苏珊娜·莫伊谢耶芙娜家奔驰而去。中尉久久地看着窗外那团跟在马车后的滚滚沙尘，他伸个懒腰，打个呵欠，便回自己房间去了。一刻钟后他睡沉了。

五点钟他被叫醒去吃午饭。

"阿列克谢真是好心啊！"他的兄嫂在餐厅招呼他，"要大家都等他吃饭！"

"难道他还没回来吗？"中尉打着呵欠说，"嗯……想必是去找承租户了。"

但是到了晚饭时间，阿列克谢·伊凡诺维奇也还没回来。他太太跟索科利斯基都断定，他在承租户家打牌打得忘记了时间，而且很可能会在那边过夜。然而，发生的事情却完全不是他们所设想的那样。

克留科夫到了隔天早晨才回家，跟谁也不打招呼，一声不吭地钻进自己的书房。

"嘿，怎么样？"中尉低声说，睁着大眼望着他。

克留科夫挥一挥手，扑哧笑了一声。

"到底怎么样？你在笑什么？"

克留科夫倒卧在沙发上，把头藏进枕头里，身体由于憋着笑而晃动起来。一分钟后他站起来，用笑到流泪的眼睛看着惊讶的中尉说：

"门关好点。唉，这女人——可真行，我这就跟你说！"

"票拿到了吗？"

克留科夫挥一挥手，又哈哈大笑起来。

"唉，这女人可真行！"他继续说，"老弟，能够认识她可要说声感谢啊！这人是穿裙子的魔鬼！我到了她那里，走进去，你知道的，我那一副天神朱庇特的架势，连我自己都怕……我整个人皱着脸又蹙着眉，甚至握紧拳头好显得更威风些……我说：'这位女士，跟我开玩笑可是会倒霉的！'诸如此类的。我还搬出法院、省长来威胁她……她起先哭了起来，说她只是跟你开个玩笑，甚至也带我去那个柜子，要拿钱还我，然后她开始议论欧洲的未来是在俄国人和法国人的手里，而且还痛骂女人一番……我像你一样听得入迷，我这头蠢驴啊……她开始夸我有多俊美，抚摩我肩侧的手臂，想看看我有多强壮，然后……然后就像你看到的，我刚刚才从她那里离开……哈哈……她讲到你还兴奋得不得了呢！"

"好一个傻小子！"中尉笑了，"结了婚的人，受人敬重……怎么，羞愧吗？讨厌吗？不过，老兄，不是开玩笑，你们这个县城倒有了一个塔玛拉女王[1]……"

"何止在县城里，在全俄罗斯你都找不到这种变色龙！我有生以来从没见过这样的女人，可我不是这方面的专家吗？我都跟泼妇混过，但像这种女人还没见识过呢。她就是以不要脸和无耻取胜。她迷人的地方，就是这些措辞上的急剧变化又莫测难辨，这该死的冲动……呸！而票据——去他的吧！没希望了。你我两人都是大罪人，罪行各半。我不会把两千三全算你的，而只算一半。当心点，你要告诉我老婆，我是待在承租人那里了。"

克留科夫和中尉把头藏进枕头里，开始哈哈笑。他们抬起头，彼此对望一眼，又再次倒到枕头上。

"未婚夫！"克留科夫逗弄着，"中尉！"

---

[1] 指格鲁吉亚女王塔玛拉（Tamapa），一则不实的传说中，她杀死自己的情人并丢到了河里；莱蒙托夫（M. Y. Lermontov）的《塔玛拉》诗中提到过这个故事。——俄语版编者注

"有妇之夫！"索科利斯基回应，"受人敬重！一家之主！"

午餐的时候他们说暗语，彼此使眼色，还把汤汁溅到餐巾纸上，让全家上下感到吃惊。饭后他们心情依旧好极了，装扮成土耳其人，带着长枪互相追逐，给小孩子表演打仗。晚上他们争论很久。中尉说，拿老婆嫁妆是卑鄙下流，甚至在双方彼此热恋的时候也一样；克留科夫则用拳头敲着桌子说，不愿让老婆拥有财产的丈夫都是自私自利的人和暴君,这点他觉得很荒谬。两人大喊大叫,激动愤怒，谁也不想理解谁，灌了不少酒。最终，两人各自提着罩衫的衣角，回到自己的卧房。他们很快睡着，还睡得很沉。

日子照旧平淡、慵懒、无忧无虑地流逝。暗影笼罩大地，云中雷声隆隆,偶尔风抱怨地呻吟，似乎想展现大自然也会哭泣,但是没有什么可以惊搅这些人习以为常的平静。他们不谈苏珊娜·莫伊谢耶芙娜，也不谈票据。关于这件事两人好像有点羞于说出口。但是当他们回忆起她的时候是心满意足的，就像在回忆一出新奇的闹剧，好像生活意外又偶然地拿这出戏寻他们开心，等年纪大的时候回忆起来也会感到愉快……

在与犹太女人会面后的第六或第七天早上，克留科夫坐在自己书房里，给阿姨写祝贺信。亚历山大·格里戈里耶维奇在桌旁默默地走来走去。中尉昨夜没睡好，醒来情绪不好，现在觉得烦闷。他走着走着，想到自己的假期要结束了，想到等待他的未婚妻，想到人一辈子住在乡下怎么会不烦闷呢。他停在窗前，久久望着树林，连续抽了三支烟，突然转身面向表兄。

"阿柳沙[1]，我有件事求你，"他说，"今天借我一匹坐骑……"

克留科夫好奇地望着他，皱了皱眉头继续写字。

"那么你借我吗？"中尉问。

克留科夫再望望他，然后缓缓拉出桌子抽屉，取出一沓厚厚的东西，交给了表弟。

"这五千给你……"他说，"虽说这不是我的钱，但就这样吧，无所谓了。建议你，马上派人去找驿马，这就离开吧。真的！"

轮到中尉好奇地望着克留科夫，他突然笑了起来。

"原来你猜到了，阿柳沙，"他红着脸说，"我本来想去找她。昨天傍晚洗衣女仆拿给我这件该死的军服，就是

---

[1] 阿列克谢的小名。

我当时穿的,茉莉花香还是那么芬芳,那味道……可真吸引我!"

"你该走了。"

"对,确实。刚好也要收假了。真的,今天就走!一定要离开!不管住多久,终归得离开……我走了!"

当天的午餐前,驿马就备好了;中尉与克留科夫一家道别,带着美好祝福离开了。

又一个星期过去了。这是阴郁而闷热的一天。克留科夫从一大早就在几个房间漫无目的地转来转去,看看窗外,或者翻翻早已看腻了的相簿。每当妻子或孩子出现在他的眼前时,他就气呼呼地嘟囔起来。这天他不知道为什么,总觉得孩子很不乖,妻子管教仆人不严,还觉得账簿的收支不符。这一切都意味着"老爷子"心情不好。

午餐之后,对汤和焗烤菜很不满意的克留科夫,叫人准备了快马车。他慢吞吞地驶出院子,缓缓走了四分之一里[1],马车便停了下来。

"要不要去……去找那个魔鬼呢?"他望着阴郁的天空想。

---

[1] 此处指俄里(全书亦同),1俄里约等于1.0668公里。

克留科夫甚至笑了起来,仿佛是一整天头一次问自己这个问题。他烦闷的心情立刻轻松许多,慵懒的眼神里也放出了满足的闪光。他策马前进……

一路上,他的想象力奔驰着,想到犹太女人看到他的到来会多么惊讶,而他说笑闲聊得会多么开心,然后会如何焕然一新地回家……

"必须每个月来一点什么让自己焕然一新……要有点不寻常的东西,"他想,"最好要那种能把老旧的身子好好振奋一番的东西……让人有反应的东西……要么喝酒也好,要么……苏珊娜也好。不能没有这个。"

当他走进伏特加酒厂的院子时,天色已暗。从主屋敞开的窗户传来笑声和歌唱声:

"明亮比过闪电,炽热胜过火焰[1]……"——某个浑厚的男低音唱着。

"哦,她有客人!"克留科夫心想。

她有客人让他感到不高兴。"要不要回去呢?"他拉起门铃时想,但终究还是摇了铃,并沿着熟悉的阶梯走上

---

[1] 此为俄国作曲家格林卡(M. I. Glinka)的俄语抒情歌曲,库科利尼克(N.V. Kukolnik)作词。—— 俄语版编者注

去。他从前厅朝大厅张望一下。那里有五个男人——都是熟识的地主和官员。有一个又高又瘦的男人,坐在钢琴前,长长的手指敲着琴键唱歌。其余的或聆听或满意地露牙笑着。克留科夫在镜子前看看自己,正想进大厅去,这时苏珊娜·莫伊谢耶芙娜本人刚好翩翩来到前厅,她兴高采烈,身上仍旧是那件黑色连衣裙……她看见克留科夫,一瞬间呆住了,然后大叫一声,高兴得眉开眼笑。

"是您吗?"她抓着他的手说,"真是惊喜啊!"

"啊,她来了!"克留科夫搂着她的腰微微一笑,"怎么样啊?欧洲的命运还掌握在俄国人和法国人的手里吗?"

"我真高兴!"犹太女人小心地挪开他的手,笑了起来,"嘿,您去大厅吧。那里全都是熟人……我去叫人给您端茶。您叫阿列克谢吧?嘿,进去吧,我马上到……"

她做了个飞吻的手势就跑出了前厅,身后留下了那股甜得发腻的茉莉花香。克留科夫抬起头走进大厅。他跟大厅里的所有人都有交情,但他只向他们微微点头致意;他们也这样回应他,仿佛他们见面的地方是不入流的场所,或者他们心里已经有了默契,彼此不要相认对大家都好。

从大厅出来的克留科夫,穿过一间客厅,之后又穿过另一间客厅。一路上他碰见三四位客人,也是熟识的,但对方差点没认出他。他们脸上带着醉意和欢乐。阿列克谢·伊凡诺维奇斜眼瞄他们，感到纳闷，他们这些有家室、受人敬重又历经穷困和吃过苦的人，怎么能够用这么卑微廉价的欢乐侮辱自己到这个地步！他耸耸肩，微笑着继续走。

"是有这样的地方，"他想，"让清醒的人觉得恶心，酒醉的人却心情愉快。我记得，听轻歌剧和吉卜赛人唱歌的时候，我没有一次是清醒着去的。酒让人变得更亲近，也让人安于荒淫……"

突然间他停了下来，动也不动，两手抓住门框。在苏珊娜的书房里，书桌后面坐的是中尉索科利斯基。他跟一位皮肤松弛的胖犹太人悄悄聊着什么事情，一看到表兄便满脸通红，两眼随即低下去看相簿。

克留科夫的心里奋起一股正派的情绪，血气直冲他脑门。他由于惊讶、羞耻和愤怒而心烦意乱，默默走到桌子旁边。索科利斯基把头压得更低了，脸上流露出难受的羞耻的表情。

"啊，是你，阿柳沙！"他勉强抬起眼睛微笑着说，"我原本是过来道别的，但你也看到了……可是我明天一定会离开！"

"唉，我还能跟他说什么？说什么呢？"阿列克谢·伊凡诺维奇想，"如果连我自己都在这里，那我哪有什么资格评判他？"

因此他没说一句话，只清了清喉咙，便慢慢走出去。

"别说她是天上有，地上也别带她走[1]……"——大厅里的男低音唱着。

没一会儿，克留科夫的快马车已经在沙尘路上辘辘地响起。

---

[1] 此为格林卡的俄语抒情歌曲，帕夫洛夫（N. F. Pavlov）作词。——俄语版编者注

* 本篇原作发表于一八八六年十月二十九日的《新时代》报,作者署名"安·契诃夫"。小说引起了诸多恶评,最著名的是女作家基塞列娃(M. V. Kiselyova)回应的:"您的文章我一点都不喜欢……我个人很遗憾,像您这类不乏天赋的作家,却只让我看到一片'粪堆'。……您眼界不浅,很有能力找得到珍珠——为什么只给我粪堆?给我珍珠吧……或许,我最好默不作声,但我忍不住想要骂您和您的那些卑鄙的编辑,他们这么冷漠地毁掉您的天分。要是我当编辑——我为了您好,会删掉您这篇文章……"契诃夫对此意见于一八八七年一月回复她:"文学艺术之所以称为艺术,正因为它刻画生活的原本面貌。它的任务是——绝对诚实的真理。……我同意您所说的'珍珠'是个好东西,但文学家可不是甜点师,也不是化妆师,更不是哄人开心的人;他负有责任,认清个人义务,凭良知而行……对化学家来说,土地中没有不干净的东西。文学家应该就要像化学家这么客观;他该抛开生活的主观性,该知道粪堆在这片景色中也占有重要的角色,恶的欲望也跟善的欲望一样是生活中所固有的……"作家布宁(I. A. Bunin)认为这篇是契诃夫最好的小说之一。——俄语版编者注

尼诺琪卡(爱情故事)

房门悄悄地开了，进来找我的是我的好朋友帕维尔·谢尔盖耶维奇·维赫列涅夫，他是个年轻人，但外表老气，又病恹恹的。他有点驼背，鼻子长，身材瘦弱，总之是不漂亮，但同时他的外表是这么朴实、温和又轮廓模糊，以至于每次看着他的时候，会有一种奇怪的愿望，想用五根手指去抓住他的容貌，仿佛想要感触我这位朋友的全副好心肠和糨糊似的心灵。就像所有脱离现实生活的人一样，他安静、胆怯又腼腆，这次他也是，不过更加苍白，而且好像有什么事情让他焦虑不堪。

"您怎么了？"我问，凝视他苍白的脸庞以及略微颤抖的双唇，"是病了还是怎么了，或是又跟老婆处不好了？您脸色很差！"

维赫列涅夫迟疑了一下，咳了一咳，然后挥挥手说：

"我跟尼诺琪卡……又有了麻烦！亲爱的，这种痛苦让我整晚都睡不着，就像您看到的，我几乎快要活不下去……鬼才知道我是怎么了！其他人无论遭遇什么痛苦，他们都不在意，那些侮辱、损失和病痛都可以轻松忍受，而对我来说，一点点小事情就够受了，就会让我变得无力又撑不下去！"

"但是发生了什么事？"

"小事情……小小的家庭惨剧。如果您想知道，我就告诉您。昨天晚上我的尼诺琪卡哪里都没去，留在家里想跟我度过一个夜晚。我当然很高兴。通常她晚上都会往外跑，去这里那里参加聚会，而我只有晚上会在家里，所以您可以知道，我……那个……多么高兴哪。不过，您没结过婚，无法得知，当一个人下班回来看到家里有亲人，从而发现他是为了什么活着时，他会感觉到多么温暖舒适……啊！"

维赫列涅夫描述着家庭生活的美好，擦掉额头上的汗，继续说：

"尼诺琪卡想要跟我共度一晚……而您知道，我是个什么样的人！我这个人无趣、沉闷又不机灵。跟我在一起有什么好玩的？我总是跟我的图表、过滤器和土壤为伍。我不弹琴，不跳舞，不说笑……我什么也不会，而您得同意，尼诺琪卡可是年轻又爱交际的……青春自有权利……不是这样吗？唉，我开始给她看一些图片、各种小东西、这个那个的……讲点什么故事……刚好我那时候想起，我桌里摆着一些旧信件，里面有几封最好笑的信！在大学时代我有一些朋友，他们的信写得很妙，那些滑头！去读读——保准您笑破肚皮。我从桌里拿出这些信件，给尼诺琪卡读读看。

我给她读了一封一封,又一封……突然间——卡住了!在其中一封信里,您知不知道,就看见这句话:'卡佳向你问候。'对爱吃醋的妻子来说,这种句子是利刃,而我的尼诺琪卡——是穿裙子的奥赛罗[1]。我不幸的脑袋瓜上便落下了一堆问题:这个卡卿卡[2]是谁呀?怎么回事?为什么?我向她说明,这个卡卿卡就像是初恋……不过是那种大学生的、年轻又不成熟的对象,这是没有任何意义的。我说,每个年轻人都有一个自己的卡卿卡,没这个就不成……我的尼诺琪卡可不听!鬼才知道她在想什么,然后她就哭了。哭完之后她就歇斯底里。她大喊:'您龌龊、卑鄙!您对我隐瞒自己的过去!'她又喊:'所以说,您到现在还有一个什么卡卿卡的,您就是在隐瞒嘛!'我一再向她保证,但就是没有用……男人的逻辑永远应付不了女人。最后,我请她原谅,跪下来求……我爬到她面前,而她还是无动于衷。我们就这样在歇斯底里中去睡觉了:她睡在卧室里,而我睡在沙发上……今天早上她不看我,生闷气,用'您'称呼我。她满口说要回娘家找妈妈。想必她会去的,我知道她的个性!"

---

[1] 莎士比亚的同名剧作男主角,性格善嫉妒。
[2] 卡佳的昵称。

"嗯,确实是不愉快的事。"

"我不了解女人!唉,就算尼诺琪卡还年轻、有道德感又挑剔,像卡卿卡这种平凡小事不可能不让她讨厌,可就算如此……但难道原谅我很难吗?……就算我有错,我也道歉了,跪下来趴在她面前!如果您想知道,我甚至还……哭了出来!"

"对,女人是个大谜团。"

"我亲爱的朋友,亲爱的,您对尼诺琪卡有很大的影响力,她尊敬您,觉得您有威信。求求您去找她一趟,用尽一切的影响力去让她明白,她有多么不对……我很难过,我亲爱的!……如果这件事情再持续一天,那我会受不了的。去一趟吧,我亲爱的朋友!……"

"但是这样合适吗?"

"怎么会不合适?您跟她从小就是朋友,她相信您……去吧,劳驾您了!"

维赫列涅夫泪眼汪汪的哀求打动了我。我穿起衣服去找他的妻子。我遇见尼诺琪卡正在做她最爱的活动:她坐在沙发上两腿交叠,朝空中眯着自己那双漂亮的眼睛,然后什么事也不做……一看见我,她便从沙发上跳起来,朝我跑过来……随后她看看四周,快速关上门,然后像一片羽毛般轻飘飘地挂在我的脖子上。(读者可不要以为这里印错字了……自从我分担维赫列涅夫的夫妻义务以来，这样已经有一年了。)

"你这又想出什么名堂来了，小滑头？"我问尼诺琪卡，并让她坐到我身边。

"什么事？"

"你又给自己的老公找罪受了！今天他到我那里，一直在讲卡卿卡的事情。"

"啊……这个呀！他找到人诉苦了！……"

"你们出了什么事？"

"没什么，小事情……昨天晚上我觉得烦闷……我因为没地方可去而生闷气，一气之下，就找他的卡卿卡的麻烦。我是因为烦闷才哭的,不过怎么能跟他说明我这是在哭什么呢？"

"但是，我的心肝宝贝，这可真是严厉又残酷。他是这么神经质,你还跟他大吵大闹折磨他。"

"没什么，他喜欢我吃他的醋……没有什么会比假装吃醋能更有效地分散注意力……但我们别再说这个话题了……我不喜欢你一开口就讲到我的那条抹布¹……他让

1　抹布在俄语中比喻软弱没用的人。

我厌倦透了……不如来喝茶吧……"

"不过你还是别再折磨他了吧……你知不知道,光看着他就觉得难过……他是这么真诚地夸大着自己的家庭幸福,又这么相信你的爱,甚至让人觉得可怕……你就多少克制一下自己,对他亲热点,撒点谎……你的一句话就足够让他觉得好像飞上七重天似的。"

尼诺琪卡嘟起小嘴,皱起眉头,但是稍后维赫列涅夫进来,害羞地瞄了一下我的脸,她还是开心地微笑起来,并用眼神安抚着他。

"你刚好在喝茶的时候来!"她对他说,"你真是聪明,从来不迟到……要加鲜奶油还是柠檬?"

维赫列涅夫没想到会被这样对待,深受感动。他情绪激昂地亲吻妻子的手,拥抱我,这个拥抱显得如此荒谬又不适当,让我和尼诺琪卡双双脸红了起来……

"托和事佬的福气啊!"幸福的丈夫开心地闲扯起来,"您这下子成功说服了她 —— 为什么?因为您是上流社会的人,常在社会上交际,懂得女人心理的所有微妙之处!哈哈哈!我是笨海豹,懒旱獭!应该讲一句就好,我却要十句……应该要亲吻小手或其他什么的,而我却发起了牢骚!哈哈哈!"

喝完茶后,维赫列涅夫带我到他的书房,抓着我的衣服纽扣,低声含糊地说:

"我不知道该如何感谢您,我亲爱的!您要相信,我之前是这么难过又煎熬,而现在却幸福得不得了!这已经不是第一次您把我从险境中救出来了。我的朋友,不要拒绝我!我有一个小玩意……就是一辆小火车头,我自己做的……是我在展览时的得奖作品……您收下它,当作我感激的表示……还有友谊的标志!……就拜托您收下吧!"

当然,我百般推辞,但维赫列涅夫心意坚定,所以我不得不收下他那珍贵的礼物。

几天、几个星期又几个月过去了……该死的真相迟早会在维赫列涅夫面前显露出来。偶然得知真相之后,他脸色苍白得吓人,躺在沙发上,目光呆滞地望着天花板……一语不发。内心的伤痛势必会表现在一些动作上,这会儿他开始痛苦地在自己的沙发上翻来覆去。懦弱的天性也只能让他做到这样。

过了一星期,维赫列涅夫稍微从令他震惊的消息中回过神来后,他来找我。我们俩都很尴尬,彼此不看对方……我不搭调地瞎扯起自由恋爱,以及夫妻间的自私、认命。

"我不是说这个……"他温和地打断我的话,"这一切我都清楚得很。感情的事没有谁对谁错。但我对另外一件事情感兴趣,纯粹实际的那一面。亲爱的,我完全不了解生活,只要是跟社会礼俗规范有关的事,我就完全外行。亲爱的,您帮帮我。您说说,现在尼诺琪卡该怎么办!您认为她是继续跟我住在一起呢,还是最好搬到您这儿来?"

我们没商量多久,就做出了这个决定:尼诺琪卡留在维赫列涅夫家里住,而当我想要找她的时候可以随时过去,维赫列涅夫则找一间角落的房间住,那里以前是储藏室。那间房有点潮湿阴暗,进房间得穿过厨房,不过在那里可以好好地闭门独居,不会成为任何人的眼中钉。

---

* 本篇原作发表于一八八五年十一月四日的《圣彼得堡报》,作者署名"A. 契洪特"。——俄语版编者注

大瓦洛佳与小瓦洛佳

"放开我，我想要自己驾车！我去坐到马车夫旁边！"索菲雅·利沃芙娜大声说，"马车夫，你等等，我去跟你一块儿坐在驾驶座上。"

她站在雪橇上，而她的丈夫弗拉基米尔·尼基特奇和儿时的朋友弗拉基米尔·米哈伊雷奇抓住她的手，以免她掉下来。三套马车[1]飞快奔驰着。

"我说了，不该让她喝白兰地的，"弗拉基米尔·尼基特奇懊恼地低声对自己的伙伴说，"你看看，是不是！"

上校凭经验知道，像他妻子索菲雅·利沃芙娜这样的女人，在疯狂行径和稍微酒醉的兴奋之后，通常会有一阵歇斯底里的笑，然后会哭一场。他担心，现在他们回家他没办法睡觉，得先忙着帮她冷敷、喂点药水。

"吁！"索菲雅·利沃芙娜大喊，"我要驾车！"

她是真心欢乐又得意。最近两个月来，从结婚那天起，一直有个念头让她苦恼，就是人家说她是精打细算过，并且"一气之下"[2]才嫁给上校亚吉奇的；而今天在郊外的餐厅里，她终于确信自己热烈地爱着他。尽管他已经五十

---

1 三套马车，三匹马同时套在一辆车或雪橇上（本文指雪橇），是当时主要的交通工具。
2 原文为法语"Pardon, je ne suis pas seul"。

四岁,身子依然如此匀称、矫健、灵活,如此可爱地说着俏皮话,并跟吉卜赛女人和声伴唱。确实,现在的老头子比起年轻人要有趣一千倍,好像是老少之间互换了身份似的。上校比她父亲年长两岁,但这点有什么关系呢?要是凭良心说,他的生命力、活力、光鲜外表,比才二十三岁的她都要强得多。

"噢,我亲爱的!"她想,"了不起的人!"

在餐厅里她还相信,前一次的情感,在她心里甚至没有留下一丝眷恋。对儿时的朋友弗拉基米尔·米哈伊雷奇,或者随意称他瓦洛佳[1],这是她昨天还爱到发狂、爱到无所顾忌的人,现在她感觉自己已经彻底心冷了。今天一整晚,她觉得他没精打采、一脸睡意、无趣、一无是处,然后他常用事不关己的态度逃避付用餐的钱,这一次他激怒了她,她差点忍不住要告诉他:"如果您穷,那就待在家里。"付钱的只有上校一个人。

或许,由于她眼前闪过了树林、电线杆和雪堆,因而她的脑海里思绪纷呈。她想:餐厅的账付了一百二十卢布,另外给了吉卜赛人一百卢布,明天,如果她想要的

---

[1] 弗拉基米尔的小名。

话，哪怕是一千卢布都可以挥霍掉。而两个月之前，在她结婚前，她自己连三个卢布都没有，为了任何一点小事情都要去找父亲。生活变化是多么大！

她满脑子的思绪混乱一团，她回想起，她的现任丈夫上校亚吉奇，在她十岁左右的时候，曾追求她的姑姑，家里面所有人都说，他害惨了她。确实，姑姑出来吃饭时经常哭红了眼，而且总是出门后不知道往哪里走，东跑西跑的；大家说她是个可怜人，没找到自己的安身处。他那个时候非常英俊，超乎寻常地受到女人欢迎，因此全城人都认识他，也谈论他，说他好像每天会去拜访仰慕他的各家女人，就像医生去巡诊一样。就连现在，尽管他头发苍白，脸上出现皱纹，也戴了眼镜，可他那瘦削的脸庞，特别是侧面轮廓，有时候看起来也很俊美。

索菲雅·利沃芙娜的父亲是军医，某个时候曾跟亚吉奇待在同一个团部。瓦洛佳的父亲也是军医，也在某个时候曾跟她的父亲和亚吉奇待在同一个团部。尽管瓦洛佳在爱情上频繁冒险，常常搞得非常复杂又麻烦，但他在念书方面好极了；他在大学以优异的成绩完成学业，现在他选择外国文学作为专业，还听说正在写学位论文。他住在军医父亲的营房里，虽说已经三十岁了，却没什么个人财产。索菲雅·利沃芙娜小时候跟他住在不同的公家房舍里,但还算在同一个屋檐下,因此他经常去找她玩,他们一起学跳舞、讲法语;不过当他长大以后,成了英挺又俊美非凡的青年,她面对他时开始感到害羞,之后就疯狂爱上他,在她嫁给亚吉奇之前的最后一刻都还爱着。他也超乎寻常地受到女人欢迎,几乎从十四岁起,一些女士便为了他而背叛自己的丈夫,还辩解这个瓦洛佳年纪还小。关于他这个人,不久前有人讲过,好像在他还是大学生的时候,住在学校附近租的房间里,每次有人去敲他的门,经常是这样的情况——会听到门后传来他的脚步声,跟着是轻声道歉:"对不起,我房里还有别人。[1]"

亚吉奇因为他而振奋起来,像杰尔查文对普希金[2]一样祝福他的未来,而且他显然也喜欢他。他们俩会花好几

1　原文为法语"par dépit"。

2　杰尔查文(G. R. Derzhavin),俄国古典文学时期的重要诗人、政治家。这里指一八一五年一月八日的事件,未满十六岁的普希金在沙皇村中学考试时,在杰尔查文面前朗诵自己创作的诗歌《沙皇村的回忆》,给他留下深刻的印象,当场获得这位文坛老前辈的赞赏与祝福,这是俄国文学史上一个重要的传承场景,这句话后来演变为类似"承先启后"的成语。——俄语版编者注、译者注

个钟头默默打撞球或玩皮克牌[1]。如果亚吉奇搭三套马车要去哪里的话,也会带着瓦洛佳一起去,瓦洛佳学位论文到底在写什么,只有亚吉奇一个人知道。最初,当上校还年轻的时候,他们经常是彼此的情场敌手,但他们从来不吃对方的醋。在他们俩一起出现的社交场所,亚吉奇被称为大瓦洛佳,而他的朋友则是 —— 小瓦洛佳。

在雪橇上,除了大、小瓦洛佳和索菲雅·利沃芙娜之外,还有一号人物 —— 玛格丽特·亚历山德罗芙娜,大家都叫她丽塔,她是亚吉奇新婚妻子的堂姐,已经三十多岁的女人,脸色非常苍白,一双黑眉毛,戴夹鼻眼镜[2],不停地抽纸烟,甚至在寒冬的时候也一样;她的胸前和膝上总是有烟灰。她说话带着鼻音,会拖长每个词的音,态度冷漠,很能喝利口酒和白兰地,喝多少都不会醉,说起双关语笑话却很乏味无趣。她在家的时候,从早到晚都在读厚本的杂志[3],

1 皮克牌(Piquet),一种源于法国的纸牌游戏,共三十二张牌,通常由两人对玩。

2 原文为法语"pince-nez"。

3 指页数多达三百到五百页的杂志,是十九世纪俄国相当流行的期刊出版品类型,内容以文学、政治、历史为主,由于篇幅适合刊载(或连载)长篇文章,鼓励了俄国长篇小说的发展和社会问题的议论。这类杂志的读者对象是知识青年。

杂志上面也撒满了烟灰,或者会吃冷冻的苹果。

"索妮雅[1],别再发疯了,"她说,"真是,愚蠢得很。"

靠近城关时,三套马车慢下来许多,房屋和人群不断闪过去,索菲雅·利沃芙娜也静了下来,紧紧依偎着丈夫,整个人沉浸在自己的想象中。小瓦洛佳坐在她对面。现在,欢乐轻松的念头伴着阴郁在她心里纠缠不清。她想:这个坐在她对面的人,很清楚她爱他,他当然也信了那些闲言闲语,说她是"一气之下"才嫁给上校的。她从来没对他表白过爱意,也不想让他知道,因此隐藏了自己的情感,但是从他脸上的表情看来,他太了解她了——这让她的自尊心受损。但是以她的情况,更觉得受辱的是,结婚之后这个小瓦洛佳突然关心起她来,这是从前不曾有过的,他会跟她坐上好几个钟头不说话,或者聊一些琐事,而现在在雪橇上,他没跟她谈话,只轻轻踩了踩她的脚,握了握手;看来,他只是要她找个人嫁罢了;本来就很明显,他瞧不起她,她引他好奇的不过是众所周知的女人本性,就是女人多么坏又不正经。她心里对婚姻的得意感和对丈夫的爱意,这下子掺了被鄙视和自尊心受挫的感

---

[1] 索菲雅的小名。

受，她便满怀激愤，想去坐上驾驶座，大声喊一喊，吹吹口哨……

刚好在这个时候，车子经过一座女修道院，里面传来一阵千斤大钟的鸣响。丽塔在胸前画十字。

"这个修道院里有我们的奥莉雅。"索菲雅·利沃芙娜说完也画了个十字，并颤抖了一下。

"她为什么要去修道院？"上校问。

"因为'一气之下'，"丽塔生气地回答,显然在暗示索菲雅·利沃芙娜和亚吉奇的婚姻，"现在很流行这个'一气之下'，搞得整个社会骚动不安。她本是个爱说爱笑、毫无顾忌的风骚女，只爱舞会和情人，可突然间她拗了起来——让人不知道该怎么办！她真是令人吃惊！"

"事实不是这样的，"小瓦洛佳说，他放下毛皮大衣的领子，露出漂亮的脸蛋，"这不是'一气之下'，如果真要说的话，是彻底的惨剧。她哥哥德米特里，被流放去服苦役，现在不知道人流落到了哪里。她妈妈则悲伤而死。"

他再度拉高衣领。

"奥莉雅做得对，"他低声补充说，"她成了人家的养女，还是跟像索菲雅·利沃芙娜这样的贵人一起生活——这点要考虑一下！"

索菲雅·利沃芙娜在他的话中听出轻蔑的语气，想对他讲难听的话，但是她默不作声。她再次像先前那样满怀激愤，站了起来，带着哭腔大喊：

"我想去做晨祷！马车夫，回头！我想见奥莉雅！"

他们掉头回去。修道院的钟声低沉，索菲雅·利沃芙娜觉得这声音让她想起奥莉雅和她的生活。其他教堂也开始响起钟声。当马车夫勒住那三匹马时，索菲雅·利沃芙娜从雪橇上跳出来，不要人陪伴，独自快步向大门走去。

"请快点！"丈夫对她喊一声，"已经晚了！"

她步行穿过暗黑的大门，然后沿着大门通往主教堂的林荫道走，积雪在她脚下咯吱作响，钟声已经传到她头顶上，似乎渗透了她整个人。她来到教堂门口，下了三个台阶，之后是门厅，两边都绘有圣徒画像，她闻到了刺柏和乳香[1]的味道，又一扇门，一个昏暗的人影帮她开门，向她鞠躬，头压得很低……教堂里仪式还没开始。一位修女走近圣障[2]，点燃蜡烛放在大烛台上，另外一位则点亮枝

---

1 乳香是一种味道芳香的树脂，常用于宗教仪式。
2 圣障（iconostas），也译作"圣幛"，俄罗斯正教的教堂中，位于圣殿与正殿之间的南北向屏障，绘有圣像。

形烛台上的蜡烛。靠近柱子和侧祭坛各处都站着动也不动的昏暗人影。"所以，她们现在就这样站着，一直到天亮都不能离开。"索菲雅·利沃芙娜心里想。她觉得这里黑暗、冷清又无聊——比在墓园还无聊。她心情烦闷地望着静止不动的人影，突然间她的心头一紧。不知怎的，她认出其中一个身材不高，肩膀瘦小，头上戴着黑色三角头巾的修女就是奥莉雅，尽管奥莉雅离家去修道院的时候还很丰满，似乎也高一些。索菲雅·利沃芙娜莫名地激动不已，犹豫不决地走向修女，视线越过修女的肩膀看到了脸，终于确认是奥莉雅。

"奥莉雅！"她说完两手一拍，激动得说不出话来，"奥莉雅！"

修女立刻认出了她，惊讶地扬起眉毛，她那苍白、刚梳洗过的干净脸庞，高兴得喜笑颜开，甚至连她的白色包头巾似乎也高兴得从三角头巾底下露出了光彩。

"这是主送来的奇迹。"她说完，也用自己那双消瘦又苍白的小手一拍。

索菲雅·利沃芙娜紧紧拥抱她，亲吻她，还想着这时候可别让她闻到自己身上的酒味。

"我们刚路过这里，想起了你，"她说，似乎是走太快而喘了起来,"你的脸色真是苍白呀,主啊!我……我非常高兴见到你。喂,怎么样?如何?烦闷吗?"

索菲雅·利沃芙娜环顾一下其他的修女,继续悄声说:

"我们那里变化很多……你知不知道,我嫁给亚吉奇了,弗拉基米尔·尼基特奇。你记得他吗?大概记得吧……我跟他在一起非常幸福。"

"嘿,感谢上帝。那你爸爸身体好吗?"

"很好。他常想起你。奥莉雅,假日你要常来找我们。你听到了吗?"

"我会去的,"奥莉雅说完微微一笑,"我隔天就去。"

索菲雅·利沃芙娜自己也不知道为什么哭了起来,默默哭了一阵子,然后擦擦眼睛说:

"丽塔没看到你会很遗憾。她也跟我们在一起。瓦洛佳也在。他们在大门口。要是你跟他们碰个面,他们不知道会有多高兴!我们去找他们吧,反正仪式还没开始。"

"走吧。"奥莉雅同意。

她画了三次十字[1],然后跟索菲雅·利沃芙娜一起出去。

---

[1] 俄罗斯正教的礼仪,虔诚的信徒进出教堂时要在胸前画三次十字。

"索妮琪卡[1],你是说你幸福吗?"当她们走出大门后,奥莉雅问。

"非常。"

"嘿,感谢上帝。"

大瓦洛佳与小瓦洛佳看见修女,就从雪橇下来,恭敬地打招呼问候;两个人见到她苍白的脸庞和黑色的修道服,面露感动,并很高兴——她还记得他们,出来向他们打招呼。索菲雅·利沃芙娜为了不让她受冻,帮她裹上厚毛围巾,还用自己的毛皮大衣前襟一端盖着她。刚才的流泪让她放松,心里面也清澈了。她感到高兴,这个喧闹不安而且其实不太干净的夜晚,出人意料结束得如此干净又温和。为了留奥莉雅在自己身边久一点,她提议:

"我们带她去兜兜风吧!奥莉雅,你坐下,我们就去一会儿。"

男人们预料修女会拒绝——因为神职人员是不乘三套马车兜风的——但结果令他们吃了一惊,她同意坐上雪橇。当马车朝城关奔驰而去时,所有人默不作声,只尽量让她觉得舒适温暖,每个人都在想,她从前和现在的差

---

[1] 索菲雅的小名索妮雅的昵称。

别多么大呀！她现在的脸庞没有情感，少有表情，冷淡、苍白又透明,仿佛她的血管里流的是水而不是血。不过两三年前，她还丰满红润,开口总提到追求她的男人，常会因为一点小事就哈哈大笑……

靠近城关时马车掉头回去,过了十分钟左右,车停在修道院旁，奥莉雅走下车。钟楼已经依次敲响全部的钟。

"天主保佑你们。"奥莉雅说完,便按照修女的方式低头鞠躬。

"那你要来哟，奥莉雅。"

"我会去的，会去的。"

她快步进去,迅速消失在暗黑的大门里。在这之后,三套马车继续前行时,不知道为什么,气氛变得愁闷起来。大家都不说话。索菲雅·利沃芙娜觉得全身无力，精神沮丧;刚刚她硬要修女坐上雪橇，跟着一伙酒醉的同伴去兜风，这让她觉得真是愚蠢又不得体，像是亵渎的行为。她欺骗自己的想法已经随着酒醒退去,对她来说再清楚不过了,她不爱自己的丈夫,也无法去爱,一切都是胡扯、愚蠢。她嫁给他是算计过的,因为他,照她中学女同学的讲法是,"有钱得不得了",也因为她害怕成为像丽塔那样的老处女,还因为她厌倦了军医父亲，以及也想让小瓦洛佳后悔。如果她在出嫁前能够猜想到,这结果会有多么沉重、可怕又不像样的话,那她无论如何都不会同意结婚的。但现在没法避开这劫数。必须容忍。

回到家后,索菲雅·利沃芙娜躺在温暖柔软的床上,盖好被子。睡着之前,她想起了暗黑的教堂门厅,乳香的味道和柱子旁的人影,一想到这些人影会一动不动地一直站着,她就觉得可怕。晨祷将会进行很久很久,过几个钟头之后有日祷,然后又是祷告……

"但上帝可是存在的,想必是存在的,我也一定会死,就是说,迟早必须像奥莉雅那样思索一下灵魂和永生的事。奥莉雅现在得救了,她帮自己解决了所有的问题……但假如上帝不存在呢?那么她的人生就完蛋了。怎么会完蛋呢?为什么会完蛋?"

没一分钟,她脑袋里又冒出一个念头:

"上帝存在,死亡也一定会来,必须想一想灵魂的事。假如奥莉雅这一刻将看见自己的死亡,那么她就不会感到害怕。她准备好了。主要是,她已经帮自己解决了人生的问题。上帝存在……对……但除了去修道院,难道没有其他的出路吗?因为去修道院——就表示要抛弃生活,毁掉生活……"

索菲雅·利沃芙娜开始觉得有点害怕,于是把头埋在枕头下。

"没必要去想这个,"她小声说,"没必要……"

亚吉奇在隔壁房间的地毯上走来走去,靴后跟的马刺轻柔地叮当作响,他大概在想事情。索菲雅·利沃芙娜想到,这个人让她亲近又珍惜的理由只有一个:他的名字也叫弗拉基米尔。她在床上坐起来,温柔地叫一声:

"瓦洛佳!"

"你怎么了?"丈夫应着。

"没事。"

她再度躺下。好像听到钟响声,或许就是那同一座修道院传来的,门厅和昏暗的人影又涌上她的心头,关于上帝和不可避免的死亡的念头也掠过脑海,她用被子蒙住头不想听到钟声。她明白,在衰老和死亡来临之前,生命还会持续很长很长一段时间,日复一日,她得忍气吞声跟一个她不爱的、这时已经走进卧室躺上床的人亲热,也得扼杀内心那股无望的爱慕他人的情感——她觉得那人年轻、迷人又与众不同。她看了一眼丈夫,想要对他道声晚安,但没说出口却突然哭了起来。她恼恨她自己。

"嘿,唱起哭调来了!"亚吉奇说话时刻意把重音挪到后面。

她终于平静了下来,只不过拖了好久,快到早上九点了;她不再哭泣,但全身发抖,同时头开始痛得不得了。亚吉奇要匆忙赶去做晚一点的日祷,在隔壁房间对着帮他更衣的勤务兵发牢骚。他第一次走进卧室拿了某个东西,靴后跟的马刺轻柔地叮当作响,然后再一次进房间——已经佩戴上肩章和勋章。他因为有风湿病,走路稍微有点瘸,不知道为什么,索菲雅·利沃芙娜觉得他走起路来张望的模样很像一头猛兽。

她听到亚吉奇在打电话。

"劳驾您连线到瓦西里耶夫营区!"他说。过了一分钟后他又说:"瓦西里耶夫营区吗?请找萨利莫维奇医生听电话……"再一分钟后,"是哪位?瓦洛佳,是你吗?非常乐意。亲爱的,请叫你父亲现在来找我们,昨天聚会之后我的妻子觉得很不舒服。你是说他不在家吗?嗯……感谢。很好……感激不尽……谢谢[1]!"

亚吉奇第三次进卧室,俯身向妻子,为她画十字,把自己的手伸给她亲吻(爱他的女人们会亲吻他的手,他已

1　原文为法语"Merci"。

经习惯了这点),并且说午餐前会回来。然后他就出门了。

十一点多,打扫的女仆通报弗拉基米尔·米哈伊雷奇来了。索菲雅·利沃芙娜由于疲倦和头痛而摇摇晃晃,很快穿上那件镶毛皮边、让人惊艳的淡紫色新衣,匆忙地随便梳个头;她感觉到自己的心底有一股难以言喻的柔情,又高兴又害怕,浑身发抖,担心他会离开。她只想看他一眼就好。

小瓦洛佳来拜访,他精心打扮过了,身着一身燕尾服,打着白领带。当索菲雅·利沃芙娜走进客厅时,他亲吻她的手,并真心为她的身体不适感到难过。然后他们坐下来,他赞美她的衣服。

"昨天跟奥莉雅的会面让我很沮丧,"她说,"起先我觉得可怕,但现在我羡慕她。她——是一座坚不可摧的山岩,你没法移开她;但是,瓦洛佳,难道没有其他的出路吗?难道活活地埋葬自己,就能解决人生的问题吗?这可是死亡,而不是生活。"

回想起奥莉雅,小瓦洛佳面露感动。

"您啊,瓦洛佳,是个聪明人,"索菲雅·利沃芙娜说,"您教教我,教我怎么做到像她那样。当然,我不信宗教,也不想去修道院,但毕竟可以做点什么有用的事。我日子过得不轻松。"她沉默了一会儿,继续说:"您就教教我吧……告诉我可以让我信服的东西。您就算讲句话也好。"

"一句话?好吧:塔拉拉砰皮呀[1]。"

"瓦洛佳,为什么您看不起我?"她语气强烈地问,"您对我说话,都是用一种特别的……抱歉我这么说,花花公子的腔调,这通常不会是对朋友或规矩的女人说话的腔调。您做学问很成功,您爱科学,但是您为什么从来不跟我谈一谈科学?为什么?我不配吗?"

小瓦洛佳懊恼地皱一皱眉头,然后说:

"为什么您突然一下子对科学感兴趣了呢?啊,或许您是想要宪法吧?或是要闪光鲟鱼肉配辣根[2]?"

---

1 这可能是十九世纪末流行在法国咖啡馆、歌舞厅的香颂小调歌曲名称,俄语拼音"tararabumbiya"从法语的"Tha-ma-ra-boum-di-he"而来,事实上这最早是一首英文歌"Tarara-boom-de-ay"。小说文本里小瓦洛佳这种不着边际的轻佻回答,不说真心话,给人一种爱情投机分子的感觉。—— 俄语版编者注、译者注

2 闪光鲟(*Acipenser stellatus*)是产于黑海、里海的珍贵鱼种;辣根(*Armoracia rusticana*)是一种十字花科植物的块根,味道辛辣,可研磨作为料理佐酱。这句是借用作家萨尔蒂科夫 - 谢德林(M. E. Saltykov-Shchedrin)批评俄国自由主义人士的话:"不知道想要什么:是要宪法呢?或是要闪光鲟鱼肉配辣根呢?还是要去拐骗谁呢?"讽刺在宪法与鲟鱼肉,即精神理想与物质生活之间摇摆的人。—— 俄语版编者注、译者注

"哼，好啊，我是渺小、糟糕、没原则又不大聪明的女人……我一错再错，我是精神病患，已经被毁了，我活该被看不起。但是，瓦洛佳，因为您大我十岁，而我丈夫大我三十岁。你们是看着我长大的，如果你们愿意的话，大可把我变成任何你们想要的样子，甚至是天使。不过你们……"她的声音颤抖了一下，"却对我这么坏。亚吉奇在他老了的时候娶了我，您呢……"

"唉，够了，够了，"瓦洛佳坐得靠近一点说，并亲吻她的双手，"我们就让叔本华[1]去高谈阔论吧，去证明他想要的一切，我们自己来亲亲这两只小手就好。"

"您看不起我，要是您知道我因为这样有多么痛苦就好了！"她早知道他不相信她，因而说得吞吞吐吐，"要是您知道我有多么想要改变自己重新生活就好了！我很兴奋地思考这些事，"她说出口，也的确兴奋得落泪，"要当一个好人，要诚实又纯洁、不说谎，要有生活的目标。"

"好了，好了，好了，不要装模作样！我不爱！"瓦洛佳说，脸上出现变幻莫测的表情，"实在是，好像在演

---

[1] 叔本华（A. Schopenhauer），德国哲学家，以"悲观主义哲学"闻名。

戏。我们尽本分做人就好。"

为了不让他生气离开,她开始辩解,也为了讨好他而勉强笑一笑,她又提起奥莉雅,又说到她多么想解决自己的人生问题,想要成为一个"真正的人"。

"塔拉……拉……砰皮呀……"他轻声哼唱了起来,"塔拉……拉……砰皮呀!"

忽然间,他搂住她的腰。而她自己不知道该怎么办,两手放在他肩膀上,一时之间内心狂喜,像是着了什么魔似的,她望着他那聪明又好讥笑人的脸庞、额头、眼睛、俊美的胡子……

"你心里老早就清楚我爱着你,"她对他告白,难受得脸都红了,还感觉到由于害臊连嘴唇都颤抖得歪歪斜斜,"我爱你。为什么你就是要折磨我?"

她闭上眼睛紧紧亲吻他的双唇,久久地,大概有一分钟,她怎么都无法结束这个吻,虽然她知道这不成体统,他可能会批评她,仆人也可能会进来……

"噢,你真是折磨我!"她又说了一次。

过了半个小时,他得到了他所需要的之后,坐在餐厅里吃东西。她跪在他面前,贪婪地望着他的脸,他跟她说,她这样很像一只小狗,等着人家丢一小片火腿给她。

然后他让她坐到自己的大腿上,像对小婴儿一样摇着她,开口唱:

"塔拉……拉砰皮呀……塔拉……拉砰皮呀!"

当他准备离开时,她语气激动地问他:

"什么时候?今天?在什么地方?"

她两手伸向他的嘴前,似乎还想用手去捕捉他的回答。

"今天大概不太方便,"他想了想说,"要不就明天吧。"

他们就这么分开了。午餐前索菲雅·利沃芙娜去修道院找奥莉雅,但是那里的人告诉她,奥莉雅不知道去哪里为某个亡者朗读《诗篇》了[1]。她离开修道院去找父亲,到了家也没遇到人,然后她换了一辆马车,开始在大街小巷漫无目的地逛,就这样游晃到晚上。不知道为什么,这时候她想起那位泪眼汪汪、没找到自己的安身处的姑姑。

夜晚她又乘三套马车去游晃,在郊外的餐厅听吉卜赛人唱歌。每当经过修道院的时候,索菲雅·利沃芙娜都会想起奥莉雅,一想到像她这类的女孩和女人没有其他出

---

1 指《圣经》中的《诗篇》,斯拉夫正教有为亡者朗读《诗篇》的习惯,从人过世到下葬前这段时间要不间断地朗读《诗篇》,作为一种慰灵的仪式。

路，她就感到可怕，她们只能不停地乘三套马车游晃，撒谎，不然就是去修道院，扼杀肉体……而隔天还有幽会，之后索菲雅·利沃芙娜又单独乘车上街闲逛，心中想起姑姑。

一个星期之后，小瓦洛佳抛弃了她。此后，生活回到从前的样子，依旧无趣、沉闷，有时甚至痛苦。上校与小瓦洛佳经常花好长时间打台球和皮克牌，丽塔无趣又没劲地讲笑话，索菲雅·利沃芙娜老是乘马车闲逛，也会要求丈夫带她乘三套马车出游。

她几乎每天去修道院，这让奥莉雅感到厌倦。她对奥莉雅抱怨自己难以承受的痛苦，经常哭泣，同时她还觉得，一进修道院就随身带进一种不干净、可怜又疲惫不堪的东西。而奥莉雅则背书似的用一种过来人的教训口吻对她说：这一切都没什么，一切都会过去，上帝会原谅她的。

* 本篇原作发表于一八九三年十二月二十八日的《俄罗斯公报》，作者署名"安东·契诃夫"。画家列宾（I. Repin）非常赞赏契诃夫这时期的创作，在一八九五年二月写给契诃夫的信中说："我到现在还没准备好向您道谢，感谢您在新年时赠送的美好礼物——您的这本书（编者按：指一八九四年出版的包括本篇的《中短篇小说集》）……因为我一翻开您的书，就没办法离开……"——俄语版编者注

不幸

索菲雅·彼得罗芙娜，公证人卢比扬采夫的妻子，一个美丽的年轻女人，年纪约莫二十五岁，她和别墅的邻居——陪审团代理人伊利英，在林间通道上缓缓地走着。这时是下午四点多。林间通道上方凑拢着毛茸茸的白云，云端底下有些地方露出了亮蓝色的天空碎片。云朵停滞不动，仿佛被高耸的老松的树梢钩住了。四下又静又闷。

远方，林间通道被一条不高的铁路路基截断，这会儿有一位持枪哨兵不知道为了什么事正沿着铁路前行。紧靠着这路基的后方亮出了一座宏大的有六个圆顶的教堂，屋顶锈迹斑斑……

"我没想到会在这里遇见您，"索菲雅·彼得罗芙娜说，眼睛望着地下，并用伞的末端去拨一拨去年的落叶，"而现在见到了您，我很高兴。我必须跟您认真、彻底地谈谈。请您，伊凡·米哈伊洛维奇，如果您确实爱我又尊重我，那么您就停止追求我吧！您跟在我身后像个影子似的，总是用不怀好意的眼神望着我，您向我表白爱意，写奇怪的信，还有……我不知道，这一切何时会结束！唉，这一切会导致什么后果，我的上帝？"

伊利英不说话。索菲雅·彼得罗芙娜又走了几步，继续说：

"我们相识五年来，最近这两三个星期您突然转变得这么快。我就要认不得您了，伊凡·米哈伊洛维奇！"

索菲雅·彼得罗芙娜斜眼看一下自己的同伴。他眯着眼睛，专注地望着毛茸茸的云朵。他的表情苦恼、别扭，心神不宁，一副好像一个人正难受的时候还得听废话的模样。

"令人惊讶，怎么这个连您自己都搞不清楚！"卢比扬采娃耸耸肩继续说，"您要了解，您玩的游戏不是很高尚。我嫁人了，我很爱而且尊重自己的丈夫……我有个女儿……难道您对这些毫不在乎？除此之外，您作为我的老朋友，是知道我对家庭……对家庭基础的整体看法……"

伊利英懊恼地咳一声并叹口气。

"家庭基础……"他嘟囔着，"噢，主啊！"

"对，对……我爱丈夫，尊重他，而且无论如何都会珍惜家庭的安定。我宁可杀死自己，也不要成为安德烈和他女儿不幸的原因……我拜托您，伊凡·米哈伊洛维奇，看在上帝的分上，让我平静下来吧。我们像从前那样当亲密的好朋友吧，而这些唉声叹气不适合您，别这样了。就这么说定了，结束了！以后再也别说这些了。我们来说些其他的事情。"

索菲雅·彼得罗芙娜又斜眼瞄了一下伊利英的脸。伊利英望着天空,脸色苍白,气愤地咬着颤抖的双唇。卢比扬采娃不明白他在气什么又愤慨什么,但他苍白的脸色打动了她。

"别生气了,我们还是朋友……"她温柔地说,"您同意吗?我向您保证。"

伊利英用两手握起她那小巧圆润的手,握了一握,缓缓举到他的唇边。

"我又不是小孩子,"他喃喃自语,"跟心爱的女人做朋友,我一点都没兴趣。"

"够了,够了!就说定了,结束了吧!我们走到长椅了,来坐一下吧……"

索菲雅·彼得罗芙娜的心里满是甜甜的安心感:最困难又最棘手的话已经说出口了,恼人的问题搞定了。现在她可以轻松休息一下,于是直直望着伊利英的脸庞。她望着他,一股被爱的女人所拥有的那种凌驾于爱人者的自私的优越感,正愉快地抚慰着她。她喜欢这种感觉:这个男人强壮高大,一脸的刚毅和怒气,一把乌黑的大胡子,聪明有教养,而且还像人家说的,是个有才华的人,如今却听话地坐在她身旁,头低低的。有两三分钟他们都静静坐着。

"什么都没搞定,什么也没有结束……"伊利英开口,"您好像照着陈腐的道德训诫对我宣教:'我爱我丈夫,并且尊重他……家庭基础……'这一切不用您说我也知道,我还可以跟您说更多。我真心诚意跟您说,我认为我的这个行为罪恶又不道德。还能再说什么呢?但何必说这些大家都清楚的事呢?与其用训话喂养夜莺[1],不如您来教教我:我该怎么办?"

"我已经跟您说过了:您离开吧!"

"我已经——这点您知道得很清楚——我已经离开过五次,每次都从半路回来!我可以给您看直达车票——它们全都在我这里,完整无缺。我缺乏的是离开您的意志!我在跟自己斗争,不懈斗争,但这有用才有鬼!我不够坚毅,我软弱又胆怯。我没办法跟天性斗!您明白吗?我没办法!我从这里跑走,它却抓住我衣服的后摆。卑鄙又下流的软弱无能!"

---

[1] 这里借用俄国谚语,原句为:"用空谈(或歌声、音乐)养不活夜莺。"比喻没有针对问题去解决,白忙一场。

伊利英脸红了，站起身开始在长椅附近来回走动。

"我像只狗一样在发怒！"他紧握双拳埋怨着，"我恨自己，看不起自己！我的上帝，我就像个淫荡的傻小子追逐别人的妻子，写愚蠢的情书，我在作践自己……唉！"

伊利英抓住自己的头，"哎呀"一声，便坐下来。

"况且您也不够真诚！"他苦恼地继续说，"假如您不赞成我这不高尚的把戏，那您为什么要来这里？是什么把您拉来这里？我在自己的信中只要求您给我一个明确直接的答复——是或不是，您却不直接答复，老想要每天'不经意地'遇见我，拿一些陈腐的道德训诫对我说教！"

卢比扬采娃吓了一跳，激动得脸红了。她突然觉得尴尬，像是所有规矩女人不小心被撞见衣衫不整的时候都会有的感觉。

"您好像是怀疑我在耍您……"她喃喃说着，"我一直都是直接答复您，而且……而且今天我还请求过您！"

"啊，难道在这种事情上是用请求的吗？要是您马上说'走开！'——那我早就不会在这里了，可是您没对我这样说过。您一次也没直接答复我。奇怪的犹豫不决！实在是，您要么是戏弄我，要么就是……"

伊利英没说完话，用拳头支着头。索菲雅·彼得罗芙娜从头到尾回想了一下自己的行为。她想起来,这些日子她不仅在行动上,而且在自己内心深藏的想法里也不赞成伊利英的追求,但同时她又感觉到这位律师的话中有几分真诚。她不知道这真诚有多真,她不管怎么想,都没能马上想出该对伊利英的抱怨回应什么。沉默会很尴尬,因此她耸耸肩说:

"这反倒是我的错了。"

"我不是怪罪您不真诚,"伊利英叹一口气,"我这么说不是故意的,话到嘴边就出去了……您的不真诚既合情又合理。假如所有人都约定好,突然变得真诚,那大家可就完蛋了。"

索菲雅·彼得罗芙娜没心思谈哲学,但她很高兴有机会换个话题,她问:

"这怎么见得?"

"因为只有野蛮人和动物才真诚。一旦文明给生活带来了对舒适的需求——比如对女人美德的需求,那这下子真诚就不合时宜了……"

伊利英气愤地用手杖挖了一下地上的沙子。卢比扬采娃听他说着,很多没听懂,但她喜欢跟他说话。她最喜欢的是,一个有才华的男人跟她这个平凡的女人谈起了"有学问的事情";再就是,能看到一个苍白、生动又愤愤不平的年轻脸庞的表情变化,她为此获得了很大的满足。很多东西她不懂,但这个现代男人的好胆量她是清楚的,他借着这胆量,想也不想,毫不迟疑地解决了重大的问题,并做出最终的结论。

她忽然发现自己在欣赏他,吓了一跳。

"对不起,但是我不懂,"她连忙说,"您为什么会说到不真诚?我重申我的请求:您就当我的善良的好朋友,让我平静下来吧!我真心请求!"

"好,我还要斗争下去!"伊利英叹口气,"我乐于努力……虽然我的斗争未必会有什么结果。或许我会对自己的脑袋开一枪,又或者……用最愚蠢的方式大醉一场。我在劫难逃了!一切都有其限度,与天性相斗争也一样。您说说看,还能和疯狂斗争什么呢?如果您要喝酒,那您要怎么去压抑那兴奋的感觉呢?我能怎么办?如果您的样貌已经在我心底滋长,日日夜夜纠缠着我,出现在我眼前,就像现在眼前这棵松树一样。嘿,您教教我吧,当我全副心思、愿望、梦想皆由不得自己,而任由一个附在我身上的魔鬼摆布,这样我应该做点什么大事才能摆脱这个糟透了的不幸处境?我爱您,爱到脱离常轨的地步,我丢下了工作和亲近的人,忘记了自己的上帝!我这辈子从来没有这么爱过!"

索菲雅·彼得罗芙娜没预料到有这样的转变,她把身子从伊利英身边挪开,惊恐地看了一眼他的脸。而他的双眼涌出泪水,嘴唇颤抖,整张脸布满一种有点像饥渴又像央求的表情。

"我爱您!"他喃喃说着,将自己的双眼靠近她那双又大又惊恐的眼睛,"您是这么完美!我现在很痛苦,但我发誓,我情愿一辈子就这么坐着,一边痛苦一边望着您的眼睛。不过……您别说话,求求您!"

索菲雅·彼得罗芙娜似乎是没有料到会遭遇这种情况,她要赶快想一些话题来阻止伊利英。"我要走了!"——她决定了,但她还来不及站起身,伊利英就已经跪在她的双脚前……他抱住她的膝盖,望着她的脸庞,激情、热烈又动听地诉说心意。又惊恐又陶醉中,她没有听到他说什么;不知道为什么,在这个危险的时刻,她的双膝却愉快地蜷缩着,好似在温暖的浴盆里,她有点恶毒地揣摩自己这些感受的意义。她很气,因为除了抗议的道德,她全身上下充满了无力感、慵懒与空虚,像个醉鬼似的,对什么都不在乎,她只在内心深处一小块偏远的地方，幸灾乐祸地逗弄着:"你干吗不走呢?莫非就应该如此?是吗?"

她在心里找寻意义的同时,却不明白自己怎么不把手给缩回来,伊利英像条水蛭似的吸附在她的手上,以至于她跟伊利英同时连忙看看左右,提防着被人看到。松树与云朵动也不动,严肃地观望着,一副老仆人看见胡搞的事却又为了钱答应不向主子报告的模样。哨兵像根柱子似的站在铁路路基上,也好像在往长椅这边张望。

"就让他看吧!"索菲雅·彼得罗芙娜心想。

"但……但是您听我说!"她终于说出口,语带绝望,"怎么会搞成这样?以后要怎么办?"

"不知道,不知道……"他低声说,挥挥手逃避这些令人不快的问题。

这时可以听得见火车头沙沙响又叮叮咚的汽笛音。这种日常生活中平凡单调的不相干的冷漠声响,却让卢比扬采娃全身一振。

"我没时间……得走了!"她很快站起来说,"火车开来……安德烈要回来了!他要吃饭了。"

索菲雅·彼得罗芙娜转过发红的脸,面向铁路路基。起初是火车头缓缓驶过,之后出现一节节车厢。这列车不是卢比扬采娃以为的开往别墅的客车,而是货车。长长一串,一节又一节,好像是人类生活的日子,车厢在教堂的白色背景下被拖曳而去,似乎没完没了!

但这时候,火车终于完全驶过去,最后一节有车尾灯和列车长的车厢消失在林木绿荫后。索菲雅·彼得罗芙娜看也不看伊利英一眼便急遽转过身去,沿着林间通道快步往回走。她已经可以自制。让她羞愧脸红且感到侮辱的并不是伊利英,不是,而是她个人的心虚,自己的不知羞耻,她这么有道德又纯洁的人,竟不知羞耻,允许陌生人抱住她的膝盖。现在她只想着一件事,真想尽快走回自己的别墅,回到家去。尾随的律师差点跟不上她。她从林间通道转入一条小径时,迅速回头看他一眼,速度快到只看到他膝上的沙子,然后她向他挥手,示意他别管她。

跑回自己家后,索菲雅·彼得罗芙娜在自己房里站着一动不动,大概有五分钟之久,她一下子看看窗,一下子又看看书桌……

"贱女人!"她骂自己,"贱女人!"

她故意对自己发脾气,不漏掉任何一个细节地回想,这些日子以来她是如何抗拒伊利英的追求,却又忍不住被吸引过去跟他解释清楚的;何况,当他跪倒在她跟前哀求的时候,她还感觉到一股不寻常的欢愉。她想起了一切,并不同情自己,现在她羞得要死,真想给自己几个耳光。

"可怜的安德烈,"她想,要努力想着丈夫,好让自己的脸上尽可能表情温柔些,"瓦莉雅,我可怜的女儿,她不知道她有个什么样的母亲哪!原谅我,亲爱的!我非常爱你们……非常!"

她希望向自己证明,她还是个贤妻良母,伤害尚未殃及她对伊利英说过的"家庭基础",索菲雅·彼得罗芙娜跑到厨房,在那里对厨娘大喊大叫,责备她还没给她丈夫摆好饭菜。她努力想象丈夫疲惫饥渴的样子,大声说些疼惜他的话,并亲自动手准备餐点给他,这是她从前不曾做过的。之后她找来自己的女儿瓦莉雅,把她举起来,热情地拥抱;小女孩显得沉重又冰冷,但她不想对自己承认这点,还开始向她说明,她的爸爸有多么好,多么诚实又善良。

不过,过了不久,当安德烈回来后,她却几乎没跟他打招呼。假装出来的阵阵感情已经消散,什么也没向她证明,她不过是用自己的谎言刺激和惹怒了自己。她坐在窗边,心里难受又恼怒。只有在困境中的人才能明白,要主宰自己的感情和思想有多么不容易。索菲雅·彼得罗芙娜事后描述，在她身上发生了"难以厘清的混乱，就像是数不清一群快速飞行的麻雀一样"。原因是，比如说，她并不因丈夫回来而高兴，她不喜欢他用餐时的姿态，她马上断定，她内心恨起丈夫来了。

安德烈又饿又累，没精神，在等候上汤的时候，他就急忙拿了肉肠，贪婪地吃起来，大声咀嚼，双鬓浮动。

"我的上帝啊，"索菲雅·彼得罗芙娜心想，"我爱他、尊敬他，但是……为什么他嚼东西的样子这么讨人厌？"

心慌之余往往又越发意乱。卢比扬采娃像所有没经验反抗不愉快意念的人一样，用尽全力设法不去想自己的灾难，而她越是费心费力，伊利英却越是明显地烙进她的脑海中，他膝上的沙子、毛茸茸的云朵、火车……

"我这个蠢女人今天为什么要过去呢？"她心里难受，"难道我是这种把持不住的女人吗？"

惊恐的人眼睛瞪得特别大[1]。安德烈吃完了最后一道菜，她已经下定决心：要对丈夫说出一切，要避开危险！

"安德烈，我要跟您认真谈一谈。"用餐后，她丈夫正脱下常礼服和靴子想躺下休息，她开口说。

---

[1] 俄国谚语，比喻受惊者总是夸大现实处境，看什么都觉得有危险。

"是吗?"

"我们离开这里吧!"

"嗯……去哪儿?要回城里还早。"

"不,是去旅行,或者类似的事情……"

"旅行……"公证人伸着懒腰含糊不清地说,"我自己也梦想这个,可是去哪儿找钱呢?还有我的公事要交给谁呢?"

然后他想了一下,补充说:

"确实,你会觉得无聊。如果你想去,就自己去吧!"

索菲雅·彼得罗芙娜同意了,但马上想到,伊利英会很高兴有这个机会跟她搭同一辆火车坐同一车厢出游……她想了想,又看了看自己那吃饱喝足但始终没精神的丈夫。不知道为什么,她的视线停在他的脚上,那双小巧到几乎像是女人的脚,穿着条纹袜和鞋子,袜尖还露出了线头……

窗帘后有一只嗡嗡响的熊蜂不停地撞着玻璃。索菲雅·彼得罗芙娜望着那线头,听着蜂鸣嗡嗡,想象她出游的情景……一天到晚都会跟伊利英面对面[1]地坐着,他的眼睛会老盯着她不放,会气自己的无能为力,会因为心痛

1　原文为法语"Vis-à-vis"。

而显得可怜。他还会称自己是淫荡的傻小子,责骂她,扯自己的头发,不过,等到天一黑,当乘客睡着或下车时,他便找到机会,跪在她面前,抱住她双脚,就像那次在长椅那边的时候……

她忽然清醒过来,发现自己是在幻想……

"听着,我不要一个人去!"她说,"你应该跟我去。"

"这是幻想啊,索芙琪卡[1]!"卢比扬采夫叹一口气,"你得认真点,想点可能的事情。"

"你知道怎么回事你就会去了!"索菲雅·彼得罗芙娜想。

决定无论如何都要离开之后,她感到自己不再有危险;她的心思渐渐平静下来,她高兴起来,甚至允许自己想象一切:无论怎么梦怎么想,反正都要离开了!丈夫睡觉的时候,暮色降临……她坐在客厅弹钢琴。黄昏时分,窗外热闹起来,还有音乐声,但重要的是——想到了自己的冰雪聪明,搞定了一件麻烦事,她的心情终于愉快起来。若是其他女人——平静的良心告诉她——处在她这种情况,大概会把持不住,晕头转向,而她却是几乎羞红

---

[1] 索菲雅的昵称。

了脸,心里难受,现在正要避开危险,或许根本没有危险!就这样,她被自己的美德与决心感动,甚至照镜子照了大概有三次。

天黑之后,客人来访。男士们坐在餐厅里打纸牌,女士们聚在客厅和露台。伊利英最晚出现。他忧愁、阴郁,仿佛生病了。他往沙发角落一坐下,整个晚上便没起来过。平常欢乐又多话的他,这次却一直沉默,皱着眉头,搔搔眼圈。每当不得不回答某人问题的时候,他勉勉强强只动动上唇微笑,语带怨气,简短回答。玩笑话他讲了大概有五次,但他的玩笑听起来尖酸又无礼。索菲雅·彼得罗芙娜觉得他快要歇斯底里地发作了。直到现在,她坐在钢琴前,才开始清楚意识到这个不幸的人不是在开玩笑,他心里有病,坐立不安。为了她,他断送掉自己的事业,毁掉青春的大好时光,浪费掉最后一点钱来别墅,丢下母亲与姐妹不管,最惨的是——他跟自己苦苦地斗到疲倦不堪。单单就人情世故来说,她也应该认真对待他才是……

她清楚意识到这一切,心都痛了,假如这时候她走到伊利英身边,跟他说:"不行!"那么,她的声音就会有一股使人难以违背的力量。但她没有走过去,也没说那句话,更没再想这件事情……年轻人天性中的小气与自私,似乎从来不会像今晚这样在她身上表现得这么强烈。她意识到,伊利英是不幸的,他坐在沙发上,就像在木炭上似的焦急不安,她为他感到难过,不过与此同时,有个爱她爱到痛苦不堪的人在场,她也满心得意,感受到自己的魅力。她感觉到自己年轻美丽、难以高攀——而且幸好她决定要离开!——所以这晚她要顺着自己的心意。她卖弄风情,不停哈哈大笑,唱起歌来别有一番情感,热情奔放。一切都让她欢乐,一切都让她感到可笑。想起那次在长椅旁的相会,想起那位在远处观望的哨兵,她都感到可笑。客人们和伊利英的无礼玩笑话,以及他领带上的一个她从未见过的装饰别针,都让她感到可笑。别针的造型是一条红色的蛇,眼睛镶了宝石;这条蛇让她觉得可笑到真想要去亲亲它。

索菲雅·彼得罗芙娜激动地唱着情歌,带着一种半醉的激昂声调,又仿佛嘲弄着别人的悲哀。她挑选一些愁闷的、忧郁的歌曲,其中有说到丧失希望,说到过去,说到年老……"年老总是越来越近……"——她唱着。那年老又关她什么事呢?

"似乎,我身上有些不太对劲……"在笑声和歌声之中她偶尔暗想。

客人在十二点散去。伊利英最后一个走。索菲雅·彼得罗芙娜情绪还很激昂,送他到露台的最下面一层台阶。她想要告诉他,她准备跟丈夫离开,还想看看他听到这消息后的反应如何。

月亮躲在云后面,但也已经够亮,索菲雅·彼得罗芙娜看得到风是怎么摆弄他大衣下摆和露台帷幔的。她也清楚看到,伊利英的脸色多么苍白,他努力撇了撇上嘴唇想要微笑一下……

"索妮雅,索妮琪卡……我亲爱的女人!"他喃喃道,不容她开口说话,"我可爱的,亲爱的!"

他满腔柔情迸发,话中带着哭声,向她倾诉甜言蜜语,一句比一句更温柔,还用"你"称呼她,像对妻子或情人那样。出乎她的意料,他突然一手搂住她的后腰,另一只手抓住她的手肘。

"亲爱的,我的美人儿……"他低声说,亲吻她的颈背,"你要诚实一点,现在过来我这里吧!"

她挣脱了他的怀抱,抬起头来想表达气愤,发泄怒气,但是怒没发成,她那些备受赞扬的美德和纯洁只够让她说出一句话,就是所有平凡女人在这种情况下会说的:

"您疯了!"

"真的，我们走吧！"伊利英接着说，"现在，还有那时候在长椅附近，索妮雅，我确信您也像我一样这么无力……您逃也逃不掉的！您爱我，现在您跟自己的良心讨价还价是没用的……"

他看到她要走开，便抓住她的花边衣袖，急忙说：

"不是今天就是明天，不然你会退缩的！大好时机干吗还拖拖拉拉？我亲爱的、可爱的索妮雅，判决已经宣读了，干吗还不行动？何必欺骗自己？"

索菲雅·彼得罗芙娜从他身边挣脱，钻进门去。她回到客厅，无意识地盖上钢琴盖，久久望着乐谱上装饰性的小花纹，然后坐下。她没法好好站，也没法好好想……在兴奋和情绪激昂过后，她心里只剩下可怕的软弱，外加倦怠又烦闷。良心低声对她叨念着，在过去的这晚，她行为不检点又愚蠢，像个陶醉在恋爱中的小女孩，刚刚她在露台上跟人拥抱，甚至到现在她还感觉到，腰间、手肘旁好像还留着某种令人害臊的触感。客厅里一个人都没有，只燃着一支蜡烛。卢比扬采娃坐在钢琴前的圆凳上，一动不动，等待着什么。然后，一股沉重又难以压抑的欲望，仿佛趁着她极度疲惫不堪，趁着黑暗，向她袭来。它像条蟒蛇，缠住她的肢体和心灵，一分一秒越胀越大，它已经不像以前那样只是吓唬她,而是有一个清晰的轮廓赤裸裸地亮在她面前。

她坐了半个小时,不动,也不阻止自己去想伊利英,之后懒洋洋地起身,勉强慢步走回卧室。丈夫安德烈已经在床上。她坐在一扇敞开的窗户旁边,顺从了自己的欲望。脑中的"混乱"已经不在,所有的感觉和想法和睦地聚集在一个清晰的目的周围。她本来试图抵抗,但马上挥挥手,算了……她现在已经明白,敌人是多么强大又坚定不移。要抵抗它,就得够有力量也够坚强,而她的出身、教养和生活方式,并没有给予任何她能够依靠的东西。

"不道德!恶劣!"她不断责骂自己的软弱,"看看,你就是这样的女人吗?"

这种软弱的性格玷污了她的端庄,她气得用尽各种只要是她知道的骂人的话来痛骂自己,还对自己说了许多刻薄、难听的话。比如,她对自己说,她从来就不是一个有道德的人,以前没堕落只因为没有借口,她一整天的抵抗是游戏,是装模作样……

"如果说,我抵抗过,"她想,"但这算哪门子的抵抗!卖身的人在被卖掉前会抵抗,尽管终究会被卖掉。好一个抵抗:像牛奶一样,一天之内就缩成了一团!一天之内!"

她揭穿自己,把她拉出这房子的并不是感情,也不是伊利英这个人,而是前方等待她的那种感受……好一个别墅区的放荡太太,这种人多的是!

"母亲被杀死在雏鸟旁[1]……"——窗外有个沙哑的男高音在唱着。

"如果要走,那该是时候了。"索菲雅·彼得罗芙娜想到。她的心突然猛烈跳动。

"安德烈!"她几乎大喊一声,"听我说,我们……我们要走了吗?是吗?"

"欸……我不是跟你说过:你自己去吧!"

"不过你听我说……"她说,"如果你不跟我去,那你可能会失去我!我好像已经……爱上了别人!"

"爱上谁了?"安德烈问。

"对你来说,爱上谁应该都不重要吧!"索菲雅·彼得罗芙娜大叫一声。

安德烈坐起身,双腿垂下床边,惊讶地望着妻子暗淡的身形。

---

[1] 此为格林卡的歌剧《为沙皇献身》(又名《伊凡·苏萨宁》)中第三幕瓦尼亚咏叹调的开头。——俄语版编者注。

"幻想！"他打了个哈欠。

尽管没法相信，但他还是很惊讶。他思索了一下，问了妻子几个无关紧要的问题后，发表一番自己对家庭、对背叛的看法……他没精打采地说了大概十分钟就躺下了。他的精神训话并不成功。这世上有许多看法，其中有整整一半属于没遭遇过不幸的人！

虽然很晚了，窗外依旧可见别墅度假客在走动。索菲雅·彼得罗芙娜给自己套上一件轻薄外衣，站了一下，想了一下……她还有足够的决心对睡梦中的丈夫说：

"你睡了吗？我去走一走……想跟我去吗？"

这是她最后的希望。她没得到回应，于是离开了。外面有风，空气清新。她没感觉到风，也不觉得暗，只是一直走呀走……有一股难以遏止的力量驱使着她，似乎她一停下脚步，背后也会有什么推着她向前。

"不道德！"她不自觉地喃喃念着，"恶劣！"

她快喘不过气来，脸羞得发烫，感受不到自己的脚步，然而，推着她向前的那股力量越来越强，胜过了她的羞耻心、理智和恐惧……

* 本篇原作发表于一八八六年八月十六日的《新时代》报，作者署名"安·契诃夫"。—— 俄语版编者注

关于爱情

第二天,早餐有非常美味的馅饼、鳌虾和羊肉饼;我们还在吃的时候,厨师尼卡诺尔走上来询问客人午餐想要吃什么。这个人中等身材,胖脸,小眼睛,刮过胡子,他的唇髭看起来不是刮的,而是拔的。

阿柳兴说漂亮的佩拉吉雅爱上了这个厨师。由于他是个酒鬼,脾气又冲,所以她不想嫁给他,但同意就这样凑合着。可他是个非常虔诚的人,宗教信仰不允许他这么同居下去;他要求她嫁给他,否则他就不想要她了,他在喝醉时骂她,甚至还打她。每当他喝醉的时候,她就跑到楼上躲起来痛哭,那时候阿柳兴和仆人便不会离开屋子,好在必要的时候保护她。

大家开始谈论关于爱情这件事。

"爱情是如何发生的,"阿柳兴说,"为什么佩拉吉雅不去爱其他哪个在心灵和外表上都更契合她的人,偏偏要爱上尼卡诺尔这个丑八怪(在这里我们全都叫他丑八怪),在恋爱中个人幸福的问题到底有多重要,这完全不得而知,这一切不管怎样说都行。从古到今,关于爱情,只证明了一个无可争辩的真理,就是'这是极大的奥秘'[1],而其他的一切,不管是写下的或说过的爱情,都是无解的,只是提出了问题,还是那种不可解的问题。因此就算有一个似乎符合某种情况的解释,也不符合其他十种,就我看来,最好的方式——对每一种情况都分别加以解释,不要一概而论。就像医生说的,每种病情都应该分别处理。"

"完全正确。"布尔金同意。

"我们俄国的正派人士,特别偏好这种悬而未决的问题。通常人们会赋予爱情诗意,用玫瑰、夜莺来美化爱情,而我们俄国人却用这些致命的问题来美化爱情,而且还从中选一些最无趣的问题。当我还是大学生的时候,我在莫斯科有一个生活伴侣[2],是个可爱的女士,每次我拥抱她的时候,她总在想我一个月会给她多少钱,还有现在一磅[3]牛肉卖多少钱。我们男人也是,恋爱的时候总会不

---

1 语出《圣经·以弗所书》(5:32):"这是极大的奥秘……"(和合本)——这个章节在谈夫妻相处相爱之道;通常在斯拉夫正教婚礼上会宣读这段话。
2 指妻子,这里是一种玩笑的称呼。
3 此处指俄磅,1俄磅约等于409.51克。

断给自己提出问题：这对还是不对呢？聪明还是愚蠢呢？这爱会有什么结果呢？诸如此类的问题。这样好或不好，我不知道，但这会碍事，让人不满意，惹人生气——这我倒清楚。"

看起来，他像是有事要说。生活孤单的人，心里总是有什么想要说的。城市里的单身汉会特意去澡堂、去餐厅，只为了说说话，偶尔跟澡堂伙计或跟餐厅侍者讲些非常有趣的故事；在乡下呢，他们通常会在客人面前吐露心事。现在从窗户望出去，看得见灰色的天空，以及被雨水淋湿了的树林，这样的天气无处可去，除了聊聊天、听听故事之外，就没别的事可做了。

"我在索菲诺住下来务农已经很久了，"阿柳兴开始说，"从我大学毕业那时候起。我受的教育，让我不习惯粗活而喜欢泡在书房里，但当我来到这里的时候，家族领地已经负了一笔很大的债务，由于我父亲的负债有很大一部分花费在了我的教育上，所以我决定在没还清这些债务之前不离开这里，要留下来工作。我做了决定后就这么工作起来，我承认，多少有点厌恶。这里的土地产出不多，为了减少农业损失，就需要利用农奴或雇农来劳动，这几乎没什么两样，不然就是照农民的方式去经营农业，也就是说，自己和家人都要下田地工作。这里没有折中的办法。不过我那时候没有深入研究这些细节。我没给土地留下一点点喘息的空间，我从几个邻村把所有的壮丁和村妇都找过来，我这里的工作就热烈地展开了；我自己也去耕地、播种、割草，同时却又觉得烦闷，会嫌恶地皱眉头，像在乡下饿到去吃菜园里的小黄瓜的猫；我浑身发痛，连走路的时候都可以睡觉。起初我以为，我可以轻松地协调这种劳动生活和自身的文化习气；我那时以为，只要让自己依循生活中既有的表面规则就好。我搬到这里楼上的主卧住，然后就过起这样的生活，在用过早餐和午餐之后，让人给我送来咖啡和利口酒，晚上躺下睡觉前，阅读《欧洲通报》[1]。但是有一回，来了一位我们的老兄，是神父伊凡，他一下子便喝光了我的利口酒；《欧洲通报》也被拿走给牧师的女儿们了。夏天的时候，特别是在割草季节，我常常没来得及回到我的床铺，便倒在棚屋的雪橇里或是守林人的哨所里睡 —— 这样哪还顾得上阅读呢？渐渐地，我便往楼下走动，开始在仆人的厨房里吃午餐，昔日阔绰

---

[1] 《欧洲通报》(*Vestnik Evropy*) 是当时温和自由主义倾向的刊物，内容以历史、政治、文学为主。

的生活到现在只剩下一位服侍过我父亲的女仆,要开除她我可不忍心。

"在这里住的头几年,我就被选为荣誉调解法官。偶尔到城里参加代表大会和地方法院的审讯,这反倒让我能解解闷。要是你在这里住上两三个月不去别处,尤其在冬天,那你最后就会开始怀念黑色常礼服了。而在地方法院里会看到常礼服、官制服和燕尾服,身着这些衣服的都是律师和受过同样教育的法律人士,跟谁都可以聊几句。在雪橇里睡觉、在仆人厨房里吃东西习惯了之后,这时候能坐上扶手椅,穿干净的内衣、轻便的皮鞋,胸前挂着怀表链子——这真是太棒了!

"在城市里,大家亲切地接待我,我也乐意结交朋友。在所有认识的人之中,最重要的,说实在话,对我来说也最愉快的,就是结识卢冈诺维奇,他是地方法院的副庭长。

"你们俩都认识他,他是最可爱的一个人。我们的结识刚好是在著名的纵火案件之后,法院审理持续了两天,我们都疲惫不堪。卢冈诺维奇望着我说:

"'一起到我家吃午饭吧,您看怎么样?'

"这令人意外,因为我跟卢冈诺维奇并不熟,只有公事上的往来,我一次也没去过他家。我匆匆回了旅馆房间,换好衣服就过去吃饭。在那里我有幸认识了卢冈诺维奇的太太安娜·阿列克谢耶芙娜。那时候她还相当年轻,不过二十二岁,半年前刚生下第一个孩子。这已经是过去的事了,我现在很难确定,她身上到底有什么非同寻常的特点让我如此喜欢,但吃午餐的那时候,我却是十分清楚的;我见到了一位年轻、美丽、善良、知性又迷人的女性,是我从前不曾遇过的;我马上感觉到,在她身上有一股亲切、早已熟悉的特质,正是那张脸、那双和蔼又聪明的眼睛,早在我童年时就已经看过,就在那本放在我母亲斗柜上的纪念册里。

"在纵火案件里四个犹太人被判有罪,被认定是同伙,这在我看来是毫无根据的。吃饭的时候我非常担心,我感到沉重,已经不记得我说了什么,只记得安娜·阿列克谢耶芙娜一直摇头,跟先生说:

"'德米特里,怎么会这样呢?'

"卢冈诺维奇是个好人,是那种会坚持己见的老实人,认为人一旦落入法庭,那么就表示有罪,谁要是对判决的正确性有所怀疑,一律得通过法律程序提出书面申请,绝不可以在吃饭的时候和私人谈话中表达出来。

"'我和您没有放火,'他温和地说,'所以我们没有被

审判，没有被抓进监牢。'

"夫妻两人一直努力要让我多吃点多喝点；从一些小事上，比如，他们俩会一起煮咖啡，或者他们话还没说完便彼此会意，我可以断定他们生活得和睦顺遂，而且很好客。吃过饭，他们俩四手联弹钢琴，之后天黑了，我就回自己的住处。这是在初春时分的事。后来我整个夏天都只待在索菲诺，我甚至无暇想到城市，但那位身材匀称、发色浅褐的女人却天天萦绕在我的回忆里；我没有去想她，仿佛是她那轻盈的身影印在了我的心底。

"秋末，城市里有一出慈善义演的戏。一走进省长的包厢（幕间休息时间我受邀过去），我看到——在省长夫人旁边的就是安娜·阿列克谢耶芙娜，又是同样令人无法抗拒的、耀眼的美丽印象，可爱温柔的双眼，又是同样亲切的感觉。

"我们比邻而坐，后来走去休息室。

"'您变瘦了，'她说，'您生病了吗？'

"'对。我的肩膀受了点寒气，一到下雨天我就会睡得很糟。'

"'您看起来没精神。春天您来吃饭的那时候，您显得年轻活泼许多。您那时朝气蓬勃，话很多，非常有趣，坦

白说,我甚至有点迷上了您。不知道为什么,我在夏天这段时间常常想起您,今天我打算来剧院的时候,就觉得我会看到您。'

"她说着,笑了起来。

"'但是您今天看起来没精神,'她又说了一次,'这会让您显得老。'

"隔天我到卢冈诺维奇家吃早餐,他们吃完饭后便去自己的别墅,要安排在那里过冬的事,我也跟他们一块儿去。之后我又跟着他们回到城里,半夜我还待在他们那里喝茶,在宁静的家庭环境中,当壁炉点燃时,年轻的妈妈会时不时走过去看一看她的小女儿睡着了没。在这之后,每当我进城到这附近时,我一定会去卢冈诺维奇家。他们习惯了我去,我也习惯了去他们家。我常常不经通报就进去,像是他们自己家人一样。

"'是谁?'从远处房间传来拖长的说话声,这声音对我来说是多么美好。

"'是帕维尔·康斯坦季内奇。'女仆还是保姆应答。

"安娜·阿列克谢耶芙娜出来走到我面前,一脸的担忧,每次都会问:

"'为什么您这么久没过来?发生了什么事吗?'

"她的眼神,她那伸向我的优雅又高贵的手,她的居家服装、发型、说话声和脚步声,每次都在我心中引起同样的感觉——我感受到某种新鲜的、生命中非同寻常而且重要的意义。我们常常聊得很久,也会各想各的,沉默许久,不然就是她为我弹奏钢琴。要是他们不在家,我会留下来等,跟保姆讲讲话,跟小孩子玩耍,不然就是躺在书房的土耳其沙发上读报纸。当安娜·阿列克谢耶芙娜回来后,我会去前厅迎接她,帮她拿所有采购回来的东西,不知道为什么,我每次拿着这些东西都带着一种爱意,带着那种像小男孩似的得意欢欣。

"有句谚语说:'女人没事做,猪崽买来忙。'[1] 卢冈诺维奇一家没什么事需要操心,他们就跟我交朋友。如果我很久没去城里,那就表示我生病了,或是我发生了什么事,他们俩便会非常担心。他们担心的是,像我这么一个文化人,懂得几种语言,不去从事科学或文学工作,却住在乡下,像只踩着轮子转的松鼠似的,做很多事,但收入总是很少。他们觉得我在受苦,如果我说话、笑、吃饭,那只是为了隐藏自己的痛苦,甚至在欢乐时,在我心情好

---

1 意为"没事找事做"。

的时候，我都会感觉到他们用好奇的眼光望着我。当我真的心情沉重时，他们会特别感同身受。比如说，有哪个债主逼得我很紧，或者钱不够付定期款子的时候，夫妻俩会在窗户旁低声细语，然后先生到我面前一脸认真地说：

"'帕维尔·康斯坦季内奇，如果您现在需要用钱，我跟我太太请您别客气，跟我们拿吧。'

"他紧张得耳根都红了。事情经常这样，有一回，他仍是那副模样在窗户旁和妻子低声讨论完，然后走到我面前，耳根发红地说：

"'我跟我太太恳请您接受我们这点礼物。'

"于是他就送我一些领扣、烟盒或灯，而我从乡村寄给他们打猎捕获的野禽、奶油和鲜花作为回报。顺便一提，他们两位都是有钱人。当初我常向人借钱，只要哪里有我就去借，不特别挑剔，但是我从来没想过要去跟卢冈诺维奇家借。可是何必谈这些呢！

"我不开心。在家里，在田地上，在棚屋里，我都想着她，我努力去了解这个年轻、美丽又聪明的女人的秘密，她怎么会嫁给一个无趣的人，几乎是个老先生（他先生超过四十岁了），还跟他有了孩子；我还努力去了解这个无趣的人、好人、老实人的秘密，他老用那种死板的思维模式发表议论,在舞会或晚会上,他老跟在重要人士身边,却无精打采,显得多余,表情谦卑冷漠,仿佛他是被人带来这里卖的,但他还是相信,自己有权变得幸福,有权跟她生孩子。我努力想要去了解,为什么她遇见的偏偏是他而不是我,又为什么我们的生活非得发生这种可怕的错误。

"每次到城里,我都会从她的眼神里看到她是在等我;她自己也承认,从一大早她就有一种特别的感觉,她猜我要过来。我们久久地谈话,久久地沉默,但是我们没对彼此坦白我们的爱意,而是羞怯又嫉妒地隐藏这份爱。凡是会泄露我们秘密的事情,都令我们害怕。我爱得温柔又深刻,但是我反复思索,并问自己,如果我们无法抗拒爱情的话,我们的爱会有什么结果呢?我难以想象,我这份静静的、忧伤的爱情突然间莽撞地阻断了她丈夫、小孩和这屋里一切的幸福生活,而我在这里是多么受到爱护,又多么受到信任。这样做是否正确呢?她会想跟我走,但是要去哪里?我又能带她去哪里?如果我过着美好有趣的生活,比如说,要是我为祖国自由奋斗过,或者我是个知名的学者、演员、艺术家,那就是另外一回事了,不然也只是将她从这一个普通、平凡的环境中带到另一个同样普通或更加平凡的环境中去。而我们的幸福又能持续多久？如果我生病、死了，或如果只是我们彼此不再相爱，那时她要怎么办呢？

"而她，看起来也在思考类似的问题。她想到丈夫、孩子，还有她那视女婿如儿子的母亲。如果她顺从自己的感情，那么就得撒谎，不然就说实话，而以她的处境，无论哪一种方式都同样可怕又难堪。还有个问题让她苦恼：她的爱情能不能带给我幸福？她的爱情是否会把我那沉重、充满各种不幸的生活弄得更复杂？她觉得，她对我来说已经不够年轻，也不够勤劳能干到足以开创新生活。她还经常跟丈夫谈到，说我应该娶一个聪明又相配的女孩当我的好主妇和好帮手——不过她又立刻补一句，说全城恐怕找不到这样的女孩。

"就这样过了好几年。安娜·阿列克谢耶芙娜有了两个孩子。每当我来到卢冈诺维奇家时，女仆和蔼地微笑，小孩大声喊着：'帕维尔·康斯坦季内奇叔叔来了！'然后跳上前抱住我的脖子；大家都快乐。他们不明白我心里是怎么想的，还以为我也很快乐。大家把我看成一个高尚的人。大人小孩都觉得，有一个高尚的人进出他们的屋子，这让他们看待我的时候更添了一股奇特魅力，仿佛在我出现的时候,他们的生活变得更清新、更美好了。我和安娜·阿列克谢耶芙娜会一起去剧院看戏,每次都散步过去;我们坐在一起,肩碰肩,我默默地从她手中接过望远镜,那一刻我感觉到,她与我如此亲近,她是我的,我们无法失去彼此,但是,又会因为某种莫名其妙的误会,我们每次出剧院道别之后便像陌生人似的各走各的。城里已经有人对我们议论纷纷,天晓得在说什么,但他们所说的,没有一句话是真的。

"最近几年,安娜·阿列克谢耶芙娜常常回娘家,不然就是去找姐姐;她心情恶劣,意识到自己对生活感到不满,觉得糟糕,这时候不管是丈夫或小孩她都不想见。她已经神经衰弱到去看医生了。

"我们沉默,始终沉默,有旁人在场的时候,她会试着反常地激怒我;无论我说什么,她都不同意,如果我争论,那她就一直反对我。当我失手掉了什么东西时,她就会冷冷地说:

"'恭喜您啊。'

"如果跟她去剧院,我忘记带望远镜的话,事后她就会说:

"'我就知道您会忘记。'

"不知道是幸运还是不幸,我们的生活里没有不会结束的事情,只是迟早罢了。离别的时刻来临,因为卢冈诺维奇被指派为西部某个省的法院庭长。家具、马匹和别墅都必须卖掉。我们一起前往他们的别墅,又在回程中频频张望,最后看花园和充满绿意的屋顶几眼,大家心情变得忧郁,我明白,这时候要道别的不只是别墅。事情已经定了,八月底我们先送安娜·阿列克谢耶芙娜去克里米亚[1],医生吩咐她过去,卢冈诺维奇稍后会带孩子去西部的那个省。

"我们一大群人为安娜·阿列克谢耶芙娜送行。当她跟丈夫、小孩道别后,月台要敲响第三声铃之前,我跑进车厢找她,拿着一个她差点忘记的篮子,帮她搬到行李架上;而且我也需要跟她道别。在车厢里,我们交会的目光给了我们两人心灵上的力量,我拥抱她,她的脸紧贴着我的胸膛,开始泪流满面;我亲吻她的脸、肩膀、被泪打湿的手臂——噢,我和她是多么不幸啊!——我对她表白自己的爱,在内心的剧痛下我了解到,妨碍我们去相爱的一切是多么没必要,多么微不足道,又多么虚假。我了解

---

[1] 这里是知名的疗养度假地,文中指安娜的身心状况不好,需要疗养。

到,当人恋爱时,必须从最高、最重要的角度——大过世俗意义的幸福或不幸、罪过或美德,去思索这份爱,不然就根本不要去想。

"我最后一次亲吻她,握她的手,然后我们就分别了——永远。火车已经开动。我坐在隔壁的车厢——那时它是空的——我坐在那里哭到下一站。之后我就走路回到索菲诺的家……"

阿柳兴还在说的时候,雨已经停了,太阳出现。布尔金与伊凡·伊凡诺维奇走到阳台上;从这里可以看到花园,还有阳光闪烁在如镜子一般的水面上的美景。他们欣赏着,同时也怜惜这位有一双善良、聪慧的眼睛的人,他对他们坦诚诉说往事,他确实在这个广大的领地上,像只松鼠一样踩轮子打转,不去做科学工作或其他能够让他生活愉快点的事情;他们想到,当他在车厢里跟她道别,亲吻她的脸颊和肩膀时,那位年轻女士的神情该多么悲痛啊。他们两人都在城里见过她,布尔金甚至还认识她,觉得她很美。

* 本篇原作发表于一八九八年的《俄罗斯思想》杂志第八期，标题前标有"三"，作者署名"安东·契诃夫"；标题的编号三指此作是契诃夫的"小型三部曲"的第三部，前两部为《套中人》《醋栗》，三部曲的内容以三位友人对话中的故事串联起共同的主题——"被套住的生活"，其中，中学教师布尔金讲述第一部的故事，兽医伊凡·伊凡诺维奇讲第二部，地主阿柳兴讲第三部。此外，与契诃夫通信多年的女作家阿维洛娃（L. A. Avilova）声称《关于爱情》中的恋爱情节让她想起契诃夫与她之间的故事，还说契诃夫曾在给她的信中具名阿柳兴，但这封信并没有留下来，她过世后出版的回忆录《我生命中的契诃夫》（一九四七）非常受欢迎。——俄语版编者注

带阁楼的房子（艺术家的故事）

1

六七年前,我在T省[1]的一个县里,住在地主别洛库罗夫的庄园。他是个年轻人,非常早就起床,经常穿一身轻便外套四处走,每晚喝啤酒,并且老是跟我抱怨,说他从来没在任何地方或在任何人那里得到过同情。他住在花园的厢房里,而我住在庄园老宅的主屋,一个有列柱的宽阔大厅里,除了一张我用来睡觉的大沙发外,没有其他家具,另外还有一张可以让我摆开帕西扬斯[2]纸牌卦的桌子。那里,甚至天气平静时,老旧的阿莫索夫暖炉[3]里也好像有什么东西呜呜作响,而打雷下雨时整栋房子会颤动,好像就要迸裂解体,尤其在夜晚,当十扇大窗全数突然间被闪电打得光亮的时候,是真有点可怕。

我命中注定要闲散过活,便压根儿什么事都不做。我会一连好几个钟头看窗外的天空、鸟儿、林荫道,阅读人

---

[1] 可能是与列维坦事故有关的特维尔省(Tver),或靠近博吉莫沃村(Bogimovo)的图拉省(Tula)。—— 俄语版编者注

[2] 名称从法语的"patience"(耐心)而来,一种单人或双人的纸牌游戏。

[3] 一八三〇年由阿莫索夫(N. A. Ammosov)将军所发明的一种气动式暖气设备。—— 俄语版编者注

家寄给我的所有东西，或者睡觉。偶尔我会走出家门，到处闲逛到深夜。

有一次，在回家的路上，我无意中误入某个陌生的庄园。太阳已经隐没不见，夜晚的暗影拖曳在开花的黑麦田上。两排密植的相当高大的老云杉，耸立得像是两面连绵不断的墙壁，形成一条沉郁美丽的林荫道。我轻易爬越篱笆，沿着这条林荫道走，地面铺有一寸[1]厚的杉树针叶，走起路来很滑脚。那时候宁静、昏暗，只有高高的树梢顶端的某些地方闪动着亮金色光芒，还有蜘蛛网漫淌着七彩霓虹。针叶的气味浓烈滞闷。然后我转往长长的椴树林荫道。那里也是一片荒芜老旧，脚底下去年的树叶忧伤地沙沙作响，暮色中林木缝隙里的阴影遮遮掩掩。向右转去，在一个旧果园里，有一只黄鹂鸟嗓音微弱、不太情愿地鸣唱着，应该也是只老鸟了。不过椴树到这里就没了；我经过一栋白色房子，带有露台和阁楼，我面前忽地展开一片风景，那是旧时贵族风格的院子，一池大水塘，附设浴棚，丛丛柳树绿意盎然。一座村庄坐落在对岸，高窄的钟楼上十字架闪耀，映出落日余晖。这一瞬间，某种亲近又

---

[1] 此处指俄寸，1俄寸约等于4.445厘米。

非常熟悉的魅力唤醒了我,仿佛我小时候就曾看过同样的景象。

在白色的石头大门旁,有一条从院子通往田野的路,在那陈旧坚固、有狮子雕塑的门边,站着两个女孩子。其中年纪大一点的那个,身材苗条,脸色苍白,非常美丽,满头蓬乱的栗色头发,一张倔强的小嘴,表情严肃,几乎不太理我;另外一个就年轻许多——十七八岁,不会再多了,同样身材苗条,脸色苍白,大嘴,大眼,她惊讶地望着我,我走过去的时候,她用英语说了些什么,并感到不好意思。我觉得,这两个可爱的人是我早已熟识的。我带着这份感觉回到家里,仿佛做了一场好梦。

在这之后没多久,有一天中午,我跟别洛库罗夫在家附近散步,突然间,草地沙沙作响,一辆弹簧马车[1]驶进庭院来,上面坐着上次见过的其中一个女孩,是那位姐姐。她拿认捐签单过来,请求援助火灾受灾户。她眼睛没看我们,非常认真又详尽地解说在西亚诺沃村有多少房屋遭到火灾,有多少男女老少流离失所,因此火灾受灾户委员会打算在第一时间采取行动,她现在是其中的委员之一。她

---

1 一种装有弹簧的马车,弹簧用来减震。

给我们签完名后,便把签单收好,立刻跟我们告辞。

"您完全忘了我们,彼得·彼得罗维奇,"她把手伸给别洛库罗夫,并对他说,"您过来坐坐吧,如果N先生(她叫了我的姓氏)想来看看崇拜他天分的人们是怎么生活的,也欢迎光临,妈妈和我将会非常高兴。"

我鞠躬致意。

当她离开后,彼得·彼得罗维奇开始谈这个女孩的事。依他所说,她出身良好家庭,名叫莉季雅·沃尔恰尼诺娃,而她和妈妈、妹妹一起住的地方,也跟池塘对岸的村庄一样叫谢尔科夫卡。她的父亲曾在莫斯科担任要职,过世时是三等文官职衔[1]。尽管家境很好,沃尔恰尼诺娃一家却常年住在乡村,莉季雅在谢尔科夫卡自家附近的地方自治[2]小学当教师,月薪二十五卢布[3]。她个人开销只用这些钱,并对自己赚钱谋生感到自豪。

1　帝俄时期官职分十四等,一等最高,二、三等文官通常担任中央政府的部长或副部长等要职。
2　俄国自一八六四年至一九一八年实施的政治制度,在各省与县成立机关运作,每年召开会议选举管理局成员、核定预算、分配租税,管理局职掌教育、卫生、农业、经济等事务。地方自治会议代表以贵族及资产阶层为主。实质上,中央政府与省政府仍有权干涉其运作。
3　这在当时是非常微薄的薪水。

"有意思的家庭，"别洛库罗夫说，"或许，我们看看什么时候去拜访她们。她们会很乐意见到您的。"

有一次，在某个节日的午餐后，我们想起沃尔恰尼诺娃一家，便出发去谢尔科夫卡拜访她们。她们一家，包括妈妈和两个女儿，全都在。妈妈叫叶卡捷琳娜·帕夫洛芙娜，看起来曾是个美人，现在已经虚胖得与年龄不符，气喘得厉害，一脸病容，忧愁，漫不经心，努力找绘画的话题来跟我聊。她从女儿那里得知我可能会来谢尔科夫卡，连忙回想着两三幅我的风景画作，那是她曾在莫斯科画展上看过的，然后她问我在那些画里想要表达的是什么。莉季雅，家里人都叫她莉达，她较常跟别洛库罗夫谈话，较少跟我说话。严肃的她笑也不笑，问他为什么不在地方自治机关服务，还有为什么他到现在从不参与地方自治会议。

"不好哟，彼得·彼得罗维奇，"她责备地说，"不好哟。让人羞愧。"

"确实，莉达，确实，"妈妈同意，"不好。"

"我们整个县都落在了巴拉金的手里，"莉达转向我继续说，"他自己是地方自治管理局的主席，把县里所有职缺都分给自己的子侄和女婿，为所欲为。我们必须去争取。

年轻人应该为自己组织一个强劲的团体,但您看,我们的年轻人都是什么样子。羞愧啊,彼得·彼得罗维奇!"

我们在谈地方自治的时候,妹妹叶尼雅一直沉默着。她没加入这个严肃的话题,在家中她还不被认为是成年人,而像是个小孩,大家叫她蜜秀斯[1],因为她小时候就这么叫自己的家庭女教师。她一直好奇地看着我,当我翻阅相簿时,她会跟我说明"这是舅舅……这是教父",并用手指指引人像,这时候她会像小孩子一样用肩膀靠着我,我便就近看到她那单薄且尚未发育的胸部、细窄的肩膀、发辫,以及腰带紧束的纤瘦身躯。

我们玩槌球和草地网球,在花园散步,喝茶,然后花很长时间吃晚餐。待过广阔空旷、有列柱的大厅之后,我觉得在这间不大却舒适的房子里还颇自在,墙上没有石印油画,大家对仆人都称呼"您",在我看来,一切清新又纯洁,多亏莉达和蜜秀斯在场,一切显得体面又舒适。晚餐时,莉达又跟别洛库罗夫谈地方自治,谈巴拉金,谈学校图书馆。这是一位有活力、真诚又坚定的女孩,听她说

---

[1] 原文拼音"Misjus",即英文的小姐(Miss)之意,本该发音为"蜜斯",但小孩子或许掌握不好,把两个 s 都发了出来。

话很有意思,尽管她说得很多,声音又大——大概是因为在学校教书的习惯。然而,我的彼得·彼得罗维奇,他从大学时代起就养成了一个习惯——把所有的谈话都搞得像争吵,他谈话无趣、没劲又冗长,还有一个明显的企图——要人家以为他很聪明又前卫。他边说边比画着手势,袖子弄翻了酱汁碟,沾得桌布上汤汤水水的,但除了我之外,似乎没有任何人留意到这件事。

我们回家的时候,天色暗沉又宁静。

"好的教养并不在于你没打翻酱汁洒在桌上,而在于如果有谁打翻了东西你不会去在意,"别洛库罗夫说,叹了一口气,"是啊,美好的知识分子家庭。我落在这些好人之后了,啊,真是落伍!都是因为事业,事业!事业呀!"

他说,你想要当一个模范的农村地主,就得做那么多的工作。我却想:这真是个难相处又懒惰的小伙子!当他说到严肃的事情时,就会紧绷地拖长声音说"欸——",他做事也跟他说话一样慢吞吞,总是拖拖拉拉而耽误时间。我真是非常不相信他会脚踏实地,因为我托他去邮局寄的信,他都可以一连好几个星期忘在口袋里。

"最沉痛的是,"他走在我身旁喃喃说着,"最沉痛的是，就算你工作也不会得到任何人的同情。没有任何同情！"

2

我开始常去沃尔恰尼诺娃家。通常我坐在露台的低层台阶上；我对自己不满意，心情苦恼，也对自己的生活流逝得如此快速又无趣感到遗憾，而且我总是在想，要是能够把我的心从自己胸腔里掏出来的话该多好，这颗心在我身上变得这么沉重。这时候在露台上，有人在谈话聊天，传来连衣裙的沙沙声响，还有翻书的声音。我很快就习惯了，白天的时候莉达给病患看诊、分发书籍，经常去村子里都不戴头巾，而是撑伞，晚上则高声谈论地方自治，谈学校。这位苗条美丽而且不改其冷峻的女孩，有线条优雅的小巧嘴唇，每次当她开始谈起工作时，便冷冷地对我说：

"这种事对您来说一定很无趣。"

她对我没有好感。她不喜欢我，因为我是个风景画家，而且在自己的画作中没有描绘人民所需，还有她好像以为，她坚定相信的事情我都冷漠看待。我不由得想起有一次在贝加尔湖沿岸,遇见一位布里亚特[1]女孩,她穿着蓝布衫和长裤,骑在马上;我问她能不能把烟斗卖给我。我们谈话的时候,她轻蔑地望着我这张欧洲人的面孔和我的帽子,没一分钟她便厌烦了跟我说话,吆喝了一声就疾驰离去。莉达正是这样像对异族人似的轻视我。外表上她绝不会露出对我的嫌恶,但坐在露台低层台阶上的我能感觉出来。我心里有气,于是我说,不是医生却给农民治疗,这是欺骗,而只要你有两千亩[2]地,你就能轻易当他们的恩人了。

她的妹妹蜜秀斯则无忧无虑,日子过得像我一样闲散极了。一早起来,她立刻抓起书本来读,坐在露台的一张高扶手椅上,因而她的小脚几乎触不到地,不然就是拿着书本藏身在椴树林荫道里,或者出大门到田野上去。她贪婪地盯着书本看一整天,因此她的眼神有时候就会变得疲倦又茫然,脸蛋显得苍白无比,可以想象得到,这样的书本多么消磨她的脑子啊!我过来的时候,她一看到我就稍微有点脸红,丢下书本,然后精神一振,用她那双大眼睛

---

[1] 主要居住在西伯利亚贝加尔湖东侧,蒙古族的一支。
[2] 此处指俄亩,1俄亩约等于1.09公顷。

望着我,告诉我发生了哪些事情,比如说,下房的炭黑[1]起火了,或是工人在池塘里抓了一条大鱼。平日她通常穿着浅色衬衫和深蓝色裙子出来。我们一起散步,摘樱桃做果酱,划船。当她跳起来摘樱桃或划桨的时候,隔着宽大的袖子可以看得出她那纤细瘦弱的手臂。不然就是在我写生的时候,她会站在旁边,佩服地观赏着。

在七月底的一个星期日,早上九点我来到沃尔恰尼诺娃家。我沿着林园走,离房子更远了些,去找寻这个夏天长得非常多的白牛肝菌,我在发现菌子的地方做了记号,为了稍后要跟叶尼雅一起来采。空中吹来一阵温煦的风。我看见叶尼雅和她妈妈两人都穿着浅色的假日服装,从教堂过来要回家,叶尼雅扶住帽子遮风。然后,我听见她们在露台上喝茶。

对我这么一个无忧无虑、为自己找寻可以始终闲散的理由的人来说,在各家庄园里这些欢乐的夏日早晨,总是超乎寻常地迷人。每当充满绿意的花园仍沾润露水,阳光下满园晶亮,绽放幸福;每当住家附近的木樨草和夹竹

---

[1] 燃料在火炉内不完全燃烧产生的碳微粒粉末,有易燃性,甚至可能导致自燃。

桃散发芬芳，年轻人刚从教堂回到家，在花园喝茶；每当所有人打扮得漂漂亮亮，满心欢喜；还有你知道吗，每当所有这些健康、满足又美好的人，在这漫长的一整天什么事也不做，那我真想要一辈子都如此。现在我也同样这么想，我在花园里走一走，还打算就这么不为何事也不问目的，走上一整天，一整个夏天。

叶尼雅提着篮子过来，她脸上那种表情，仿佛她知道或预感到会在花园里找到我。我们采蘑菇、聊天，当她问了什么事情之后，便会向前走几步来看看我的表情。

"昨天我们村子里出现了奇迹，"她说，"跛脚的佩拉吉雅病了一整年，没有任何医生或药物可以帮助她，但昨天一位老太太过去喃喃地说了几句话，病就没了。"

"这没什么，"我说，"不该只在病人跟老人那里寻找奇迹。难道健康不是奇迹？而生命本身不是奇迹吗？哪里有不了解的东西，哪里就有奇迹。"

"那您不害怕不了解的东西吗？"

"不会。我会充满活力地走近我不了解的事物，而且不向它们屈服。我高于它们。人该意识到自己高于狮子、老虎、星星，高于大自然的一切，甚至高于不了解且看似奇迹的事物。否则他就不是人，而是害怕一切的老鼠。"

叶尼雅认为，作为艺术家的我知道非常多东西，我还能正确猜测出我不清楚的事物。她想要我带她到永恒与完美的境界，到那个最高境界。她认为我是自己人，在那个地方她会跟我谈上帝，谈永恒的生命，谈奇迹。而我，还不承认我和我的想象力在死后会永远消灭，便回答："对，人是不死的。""对，等待我们的是永生。"她就听了，信了，也不要求证据。

往回家的路上走的时候，她突然停下来说：

"我们的莉达是个出色的人。不是吗？我热烈地爱着她，我可以随时为她牺牲生命。但您告诉我，"叶尼雅用手指碰一下我的衣袖，"您告诉我，为什么您跟她总是在争吵？为什么您要气愤？"

"因为她不对。"

叶尼雅摇摇头否认，她的眼睛现出了泪水。

"这真是让人搞不懂！"她说。

这时候，莉达刚从某处回来，站在门口台阶旁，手拿鞭子，她匀称美丽，在阳光下明亮动人，对工人吩咐了一些事情。她忙进忙出，大声说话，给两三位病患看过病后，仍是一副务实又忧心工作的表情，在各个房间走来走去，一下子打开一只柜子，一下子又打开另外一只，再到阁楼去;大家找了她很久,叫她吃午餐,她过来的时候我们已经喝完汤了。不知道为什么,所有这些烦琐细节我都记得,也都喜爱,而且这一整天的情景我都记得清清楚楚,尽管没发生什么特别的事情。午餐后叶尼雅去看书,窝在高扶手椅里面,我则坐在露台的低层台阶上。我们沉默不语。整片天空都被云朵遮住,并开始下着稀疏的细雨。天气很热,风已经许久没动静,似乎这一天永远不会结束。叶卡捷琳娜·帕夫洛芙娜出来到露台上找我们,她睡眼惺忪,手里拿一把扇子。

"哎,妈妈,"叶尼雅亲吻她的手说,"白天睡觉对你身体不好。"

她们俩彼此疼爱。当一个人来到花园时,另一个已经站在露台上望着树林,然后呼唤:"喂,叶尼雅!"或者:"妈妈,你在哪里?"她们总是一起祈祷,然后同样相信所信仰的,也深深了解彼此,甚至不用说话都了解。待人方面她们也是一致的,叶卡捷琳娜·帕夫洛芙娜一样很快习惯我并依恋我,当我两三天没出现时,她会派人来看看我身子是否安好。她在看我写生的时候,也会像蜜秀斯一样钦佩连连,还会像她那样絮絮叨叨且坦诚地告诉我发生了什么事,并经常向我透露她的家庭秘密。

她崇拜她的大女儿。莉达从不亲近人，只说严肃的事情；她以自己特殊的生活方式过日子，对母亲和妹妹来说，她是那么神圣又有点神秘异常，就像水手看待总是坐在官舱里的海军上将那样。

"我们的莉达是个出色的人，"母亲常说，"不是吗？"

在我们谈莉达的时候，仍稀稀疏疏下着细雨。

"她是个出色的人，"母亲说，并像搞阴谋似的慌张地左顾右盼，悄声补充，"这种人非常难得，不过，您知不知道，我开始有点担心。学校、小药箱、书籍——这一切都好，但为什么要走极端呢？因为她已经二十四岁，是时候认真为自己着想了。她就这样为了书，为了药，却没看见生命就这么流逝……应该要嫁人了。"

叶尼雅看书看得脸色苍白，头发都弄皱了，她稍稍抬起头，望着母亲，仿佛在自言自语：

"妈妈呀，一切都看上帝的意思吧！"

然后她又埋首阅读。

别洛库罗夫来了，一身轻便外套和绣花衬衫。我们玩槌球和草地网球，之后天色昏暗时，我们花很长时间吃晚餐，莉达又谈着学校，谈着巴拉金，说整个县被他一把抓在自己手里。这个晚上我从沃尔恰尼诺娃家离开时，也把对时光漫长闲散的印象给带走,心里忧伤地意识到,这世上的一切不管有多漫长,终归会结束。叶尼雅送我们到大门口,或许因为她跟我从早到晚度过了一整天,我觉得少了她我就好像会无聊,还觉得我跟这个可爱的家庭很亲近。整个夏天我头一次想要动笔创作。

"您说说,为什么您的生活过得这么无聊,这么枯燥?"跟别洛库罗夫走回家时,我问他,"我的生活无聊、沉重又单调,因为我是个艺术家,我是个怪人,我从年少时就被嫉妒心、自我不满足、怀疑自己的工作而搞得很苦恼。我总是穷,我是流浪汉,但是您啊,您可是健康正常的人,是地主、贵族老爷——为什么您的日子过得这么无趣,从生活中享受到的这么贫乏呢?比如说,为什么您到现在还没有爱上莉达或叶尼雅呢?"

"您忘了我爱着另外一个女人。"别洛库罗夫回答。

他是指跟他同居在厢房的那位女朋友,柳波芙·伊凡诺芙娜。我每天看到这位女士,她非常丰满,近乎肥胖,且又傲慢,像是只喂饱了的母鹅。在花园散步时,她常穿俄罗斯服装,戴串珠,总是撑着伞,仆人时不时叫她吃东西,不然就是叫她喝茶。大概三年前她租下这栋别墅的一间厢房,就这样跟别洛库罗夫住在一起,看样子,会永远在一起。她年纪大他十岁左右,管他管得很严,连离开家一下,他也得征求她的同意。她经常号啕痛哭,哭声像男人,那时候我会派人去告诉她,如果她不停下来的话,那我就搬走,于是她便不再哭了。

当我们回到家时,别洛库罗夫坐在沙发上,愁眉苦脸地沉思着,我开始在大厅里走来走去,感受着静默的不安,我好像恋爱了。我想要谈一谈沃尔恰尼诺娃这家人。

"莉达能够爱的只有支持地方自治而且像她一样热衷医院和学校的人,"我说,"唉,为了这样的女孩,可能不只是要当个地方自治活动者,甚至还要像在童话故事中穿破铁鞋的人那样[1]。那蜜秀斯呢?这个蜜秀斯多么美好呀!"

别洛库罗夫拖着长长的声音"欸——",谈起了世纪之病——悲观。他深信不疑地讲着,用一种仿佛我在跟他争论的语气。就算走一百里荒凉、单调又干枯的草原路,也冒不出这种郁闷的情绪啊——就是这样听一个人坐下来说话但不清楚他何时可以走的感觉。

---

[1] 指为了爱(或信念)不畏艰难的人,典故应出自俄国童话《神鹰菲尼斯特的羽毛》,描写一位善良女孩如何以真爱克服万难(包括穿破三双铁鞋到远方寻人),最终拯救心上人菲尼斯特的魔法故事。

"问题不在于悲观,也不在于乐观,"我愤怒地说,"而在于百分之九十九的人都没头脑。"

别洛库罗夫把这话当作在说他,心里感到不快就走了。

3

"在玛洛焦莫沃有一位公爵来访,他向你问候,"莉达从外面回到家后一边脱手套一边对母亲说,"他说了很多有趣的事……答应在省自治会议时将再次呼吁重视玛洛焦莫沃医疗所的问题,但又说:希望不大。"她随即转向我说:"对不起,我总是忘记,您对这个不会感兴趣。"

我感到气愤。

"怎么会没兴趣?"我问,耸耸肩膀,"您不愿意知道我的意见,但我会让您相信,我对这个问题很感兴趣。"

"是吗?"

"对。我的看法是,玛洛焦莫沃完全不需要医疗所。"

我的气愤传染给她,她看着我,稍微眯着眼问:

"那需要什么?风景画吗?"

"风景画也不需要。那里什么都不需要。"

她终于把手套脱了下来，打开刚刚从邮局带来的报纸，一分钟后她明显克制着自己的情绪静静地说：

"上星期安娜死于难产，要是附近有医疗所的话，那她就会活下来。风景画家先生，我觉得，您对这点应该有一些看法。"

"我对这点有非常明确的看法，我向您保证。"我回答，而她用报纸挡住了我，似乎不想听，"我觉得，医疗所、学校、图书馆、小药箱，在既有的条件之下，只是为奴役服务的。人民被巨大的锁链束缚着，您不砍掉这锁链，却还增添一些新的链环——这就是我的看法。"

她抬起眼睛瞄我，讥讽地微笑，而我继续努力点出自己的主要想法：

"安娜死于难产并不重要，重要的是，所有这些安娜、玛芙拉、佩拉吉雅，从早到晚弯腰做粗活，因为过度操劳而生病，一辈子为了饥病中的孩子担忧，一辈子害怕死亡和疾病，一辈子看病，早早就衰弱，早早就苍老，然后死在烂泥和恶臭之中；她们的孩子，长大一些后又开始做同样的烦琐杂务，这样过了上百年，然后有十亿人活得比动物还糟——只为了一块面包而遭受无穷尽的恐惧、威胁。他们的情况的可怕之处就在于，他们没时间去思索心灵，没时间去回想自己的形象；饥饿、寒冷、动物本能的恐惧、繁重的劳动，这些仿佛雪崩似的，阻隔了他们通往精神活动的所有道路，而正是这些精神活动，将人区别于动物，且使人团结为一体，为此而活得有价值。您用医院和学校去帮助他们，但这样并不会将他们从桎梏中解放出来，您反而更加奴役他们，因为您给他们的生活带来新的执迷，扩大了他们日常生活的需求，更不要说他们为了那些小苍蝇[1]和小书册得拿什么来报答地方自治局，不就是要弯下腰做更多粗活吗。"

"我不跟您争论，"莉达放下报纸说，"这我早听过了。我只跟您说一件事：不能两手交叉在胸前光坐着。的确，我们没有拯救全人类，也或许，我们很多地方做错了，但我们做自己所能做的事，我们——是正确的。文明人最崇高神圣的工作——就是为他人服务，我们试着尽己所能去做。您不喜欢的话也没办法，毕竟这无法使人人都满意。"

"对，莉达，对。"母亲说。

---

[1] 此处应指西班牙药膏，即从西班牙苍蝇（*Lytta vesicatoria*，斑蝥的一种）中提炼出某种物质制成的医疗药膏。

莉达在场的时候,她总是怯懦,说话时担心地望着她,怕说了什么不该说的或不恰当的话;还有她从来没反对过她,总是赞成她:对,莉达,对。

"无论农民识不识字,那些写着没用的教训和笑话的小书册,或者医疗所,都没办法减少无知和死亡,就像您窗户里的光线无法照亮这座庞大的花园一样,"我说,"您什么都没给,您只不过是自行干涉这些人的生活,创造出新的需求和新的劳动借口而已。"

"哎呀,我的上帝,毕竟该做点什么事啊!"莉达心烦地说,从她的语气听得出来,她认为我的议论毫无意义,心存藐视。

"该把人从沉重的肉体劳动中解放出来,"我说,"应该减轻给他们的压迫,让他们歇息,别让他们在火炉旁、洗衣盆前和田地上度过一辈子,最好还有时间思索心灵、上帝,要能够更宽广地展现出自己的精神才能。每个人的志向要在精神活动上 —— 朝着不断找寻真理和人生意义而去。您就为他们把粗重、牲畜般的劳动变成不需要的事,让他们感受一下自由,那您就会看见,这些小书册和小药箱实际上多么可笑。一旦人意识到自己的真正志向,那么能够满足他的就只有宗教、科学和艺术,而不是这些琐碎小事。"

"从劳动中解放出来，"莉达冷笑一声，"难道这可能吗？"

"可能。您去分担一点他们的劳动就行。假如我们所有的城市和乡村的居民，无一例外都同意，凡是人类耗费在满足生理需求上的劳动由大家平均分担，那么工作分到我们每个人的身上，或许一天只要两三个小时就干完了。您想想看，我们全部，包括富人和穷人，一天只工作两三个小时，剩下的时间我们都是自由的。再想想看，我们为了少依赖一点我们的身体，少一点劳动，发明了代替我们劳动的机器，我们努力把我们的生活需求减少到最低。我们磨炼自己和自己的孩子，让他们不怕饥饿寒冷，我们就不用一直担心他们的健康，不用像安娜、玛芙拉和佩拉吉雅担心孩子那样。想想看，我们不去看病，不开设药房、烟草工厂、酿酒厂——我们最后会剩下多少自由时间哪！我们一起将这些空闲时间献给科学和艺术。就像有时候农民会和睦地修路，我们也会一起和睦地寻求真理和人生意义，还有——我相信这点——真理应该会非常快被人们发现，人应该会摆脱对死亡的痛苦又苦恼的恐惧，甚至摆脱死亡本身。"

"不过,您自相矛盾,"莉达说,"您口口声声——科学,科学,您自己却反对识字。"

"识字,人能够阅读的往往只有酒馆招牌,经常连书本上写什么都不清楚——这样的识字情况从我们的留里克[1]时代延续下来,果戈理的彼得鲁什卡[2]早就识字了,这时候,乡村的情况从留里克时代到现在还是一模一样。需要的不是识字,而是可以大大展现出精神才能的自由。需要的不是小学,而是大学。"

"您连医学都反对。"

"对。之所以需要它,只因为要把疾病当作自然现象来研究,而不是为了治愈疾病。如果真要治疗,那也不是去治疾病,而是病因。消除掉主要的病因——体力劳动——到时候就不会有疾病了。我不承认以治疗为目的的科学,"我激动地继续讲,"如果是真正的科学和艺术,则不是追求一时的目标,也不是个人的目标,而是永恒的、公众的——它们追寻真理和人生意义,追寻上帝与心灵,

---

1 留里克(Rurik)是俄罗斯自古第一位君主,建立留里克王朝。
2 彼得鲁什卡(Petrushka)是果戈理(N. V. Gogol)小说《死魂灵》的主角奇奇科夫的仆人,他识字,但不能完全理解读过的句子。

但如果把它们扣在生活需求和急迫问题上，扣在小药箱和图书馆上，那它们只会把生活搞得复杂又堵塞不通。我们有许多医生、药剂师、律师，识字的人也多了起来，但完全没有生物学家、数学家、哲学家、诗人。因为理智和全部的心灵能量，都跑去满足一时的、短暂的生活需求……学者、作家和艺术家的工作热烈进行着，多亏了他们，生活一天比一天便利，身体的需求增加，同时离真理却更远，人依旧是最贪婪、最龌龊的动物，这一切的目的是让大多数人退化，且永远丧失任何生活能力。在这种情况下，艺术家的生活便没有意义，他越是有天分，他的角色就越奇怪，越不能被理解，因为实际上的结果是，他是为了贪婪又龌龊的动物的消遣，为了维持既有的秩序而工作。我就是不想工作，以后也不会工作……什么都不需要，就让世界下地狱去吧！"

"蜜秀斯卡[1]，出去。"莉达对妹妹说，显然发现我的言论对这样的年轻女孩有害处。

叶尼雅忧伤地看着姐姐和母亲，然后走出去。

"会唱这么动听的高调，通常是这个人想要为自己的

---

[1] 蜜秀斯的小名。

冷漠辩解的时候,"莉达说,"比起去医治去学习,嘴巴上否定医院和学校要容易得多。"

"对,莉达,对。"母亲表示同意。

"您唬人说不要工作,"莉达继续说,"看来,您高估了自己的工作。我们就停止争论吧,我们的想法从来就不会一致,因为所有的图书馆和小药箱,就是您刚刚那么轻蔑批评的,在我看来连其中最不完善的,都比世上所有的风景画要高明。"说完,她立刻转向母亲,完全用另外一种语气说起来:"公爵变得非常瘦,自从他来我们这里之后模样变了很多。他要被送到维希[1]去。"

为了不跟我说话,她就一直跟母亲说公爵的事。她涨红着脸,为了掩藏自己的焦虑,她像近视眼似的,低低地弯身至桌前,假装在读报纸。我在这儿使气氛变得不愉快。于是我道别后便回家去了。

4

院子很静;池塘对岸的村子已经睡了,见不到任何

---

[1] 维希(Vichy),法国度假胜地。

一点点灯火，只有池塘水面上倒映着微亮的苍白星光。叶尼雅站在有狮子雕像的大门旁动也不动，等着要送我一程。

"村子里大家都睡了，"我说，努力在黑暗中看清她的脸庞，看到了凝视着我的那双忧愁的黑眼珠，"连酒馆老板和盗马贼都安静地睡了，我们这些规规矩矩的人却在彼此生气又争吵。"

这是个忧伤的八月夜晚，忧伤是因为已经嗅到了秋天的气味；夜空披着深红色的云彩，上升的月亮勉勉强强照亮了道路，以及路旁黑乎乎的秋播田地。流星时而坠落。叶尼雅跟我并排走在路上，尽量不去看天空，以免看到坠落的流星，不知道为什么，它们吓着了她。

"我觉得您是对的，"她因夜晚的湿冷而发抖着说，"假如人人都能齐心合作致力于精神活动，那他们就会很快明白一切的。"

"当然。我们是最高等的生物，如果我们真的认清人类才能的全部力量，并只为了高等目的而生活，那我们最终就会成为上帝。但这永远不会发生——因为人类将会退化，他们的才能连一点痕迹都不会留下。"

当看不见大门的时候，叶尼雅停下脚步，匆匆握了握我的手。

"晚安,"她颤抖地说,肩上只披了一件短衬衫,因此她冷得全身瑟缩起来,"您明天再过来。"

有个想法让我感到可怕:我将会孤单一人,心怀愤怒,不满自己,也不满别人。我自己也尽量不去看坠落的流星了。

"再跟我待一下子,"我说,"我求您。"

我爱叶尼雅。应该说,我爱她,因为她经常接送我,因为她温柔又钦佩地望着我。她那苍白的脸庞、纤细的脖子、纤长的手臂,她的柔弱、闲散,她的书本,真是美妙动人。那才智呢?我猜想她有出色的才智,她眼界宽广得叫我赞叹,或许,比起那位严厉又美丽却不喜欢我的莉达,她的思考方式较另类。叶尼雅喜欢我是艺术家,我用自己的天分征服了她的心,我非常想只为她作画,我梦想着她,就像是梦想着我的小皇后,她跟我一起统治这片树林、田野、云雾、晚霞,统治这大自然。它奇妙迷人,但让身在其中的我一直觉得自己无望、孤单又没用。

"再留一下子,"我请求,"求求您。"

我脱下自己的外套,披在她发冷的肩上;她担心自己穿上男人的外套显得可笑又不漂亮,笑了笑便拿掉外套,这时候我抱住她,开始吻遍她的脸、肩膀和手臂。

"明天见!"她悄声说,并小心翼翼地仿佛怕打破夜晚寂静似的抱住我,"我们一家人彼此间没有秘密,我得马上把这一切告诉妈妈和姐姐……这多可怕!妈妈没什么,她喜欢您,但莉达呀!"

她往大门跑回去。

"再见!"她喊一声。

之后大概有两分钟,我还听到她在跑着。我不想回家,而且也没必要急着回去。我沉思着站了一会儿,然后静静地慢慢往回走,想再看一眼那栋她住的房子,那栋可爱、朴实的老房子,似乎,它用阁楼的窗户当作眼睛望着我,好像明白了一切。我走过露台,坐在网球场旁的长凳上,在老榆树下的阴暗处看那栋房子。在蜜秀斯住的阁楼里,窗户里闪了一下亮光,之后便是沉静的绿光——这是盖上了灯罩的关系。人影闪动……我满怀温馨、平静和自足,我满意自己还能够着迷,还能够爱慕,但同时也有个念头让我感到不舒服——想到在离我没几步远的地方,在这栋屋子的某个房内住着莉达,她不喜欢我,或许还厌恶我。我坐着一直等,看叶尼雅会不会出来。留心倾听,我觉得阁楼里面似乎有人在说话。

大概一个钟头过去了。绿色的灯火熄灭,人影不再出现。月亮已经高高挂在房子上方,照亮整个沉睡的花园和小路;屋前花圃里的大丽花和玫瑰清晰可见,好像都是同样的颜色。天气变得非常冷。我走出花园,在路上捡起我的外套,不慌不忙地漫步回家。

隔天午餐后,我来到沃尔恰尼诺娃家的时候,屋子面对花园的玻璃门是敞开的。我在露台上稍坐了一下,等着马上会在花圃后的平地上或在某一条林荫道上现身的叶尼雅,或者是从房间传来她的声音;然后我走过客厅、餐厅,一个人都没有。我从餐厅沿着长廊走到前厅,随后又往回走。这边的走廊有好几扇房门,其中一扇门后面响起了莉达的声音。

"给乌鸦,在某处……上帝……"她大声拖长着发音,大概是在给学生听写,"上帝丢了一小块奶酪……给乌鸦……在某处……是谁在外面?"她听见我的脚步声后突然把我叫住。

"是我。"

"啊!抱歉,我现在不能出去招呼您,我在帮达莎上课。"

"叶卡捷琳娜·帕夫洛芙娜在花园吗?"

"没有,今天早上她跟我妹妹离开家,去了奔萨省[1]的阿姨家。冬天的时候,她们大概会出国……"她沉默一会儿之后补充说,"给乌鸦,在某处……上——帝丢了一小——块奶酪……你写下来了吗?"

我回到前厅去,站着,什么都没想,望着前面的池塘和村庄,身后的读书声仍传到我耳里:

"一小块奶酪……上帝丢了一小块奶酪,给在某处的乌鸦……"

我沿着初次来到这里的那条路离开庄园,只是方向相反:先从院子到花园,经过房屋,然后沿着椴树林荫道……在那里有个小男孩追上来找我,交给我一张字条。"我跟姐姐全说了,她要求我跟您分手,"我读着字条,"我不能不听话而去伤她的心。愿上帝保佑您幸福,原谅我。但愿您知道我跟妈妈哭得多么痛心!"

然后,来到幽暗的杉树林荫道,篱笆已经塌了……到了那片当时黑麦花盛开、鹌鹑鸣唱的田地上,现在则是乳牛和上了绊绳的马匹在徘徊漫步。山丘上有些秋播田地绿

---

[1] 奔萨(Penza)是位于俄欧洲部分中南部的一个省,从逻辑推理来看,这个现实中的确定地点,距离虚构故事中人物的所在地T省并不远,因而使人产生了一种耐人寻味的想象。

油油得发亮。一种清醒的、日常的情绪占满了我的心,我开始对所有我在沃尔恰尼诺娃家讲的话感到惭愧,又照旧过起了无趣的生活。回到家,我收拾好行李,晚上便离开去了圣彼得堡。

我再也没见过沃尔恰尼诺娃一家人。不久前,我有一次去克里米亚时,在车厢中遇到别洛库罗夫。他依旧一身轻便外套和绣花衬衫,我问他身体如何,他回:"托您的福啦。"我们聊了起来。他把自己的地产卖掉,买了另一块小一点的地,登记在柳波芙·伊凡诺芙娜的名下。关于沃尔恰尼诺娃一家他知道的不多。莉达,照他的说法,仍住在谢尔科夫卡,在小学教孩子念书;她渐渐成功地在自己身边聚集了一群亲近她的人,并自行组织了一个有力的团体,在最新一次的地方自治会议选举中把巴拉金给"推了出去",此后巴拉金不再把持整个县政。而关于叶尼雅,别洛库罗夫只说,她不住在家里,也不清楚人在哪里。

我已经开始遗忘那栋带阁楼的房子,只是偶尔在我作画或阅读的时候,会突然无缘无故想起那扇窗里的绿色灯火,或是想起那天深夜传遍田野的我的脚步声,那是恋爱中的我在回家路上冷得直搓手的时候。更加少有的是某些时候,在我苦于孤单、感到忧伤的时刻,这些回忆又更模糊了些,渐渐地,我不知道为什么开始觉得,也有人在想着我,有人在等着我,还觉得我们将会相遇……

　　蜜秀斯,你在哪里?

* 本篇原作发表于一八九六年的《俄罗斯思想》杂志第四期，作者署名"安东·契诃夫"。一八九五年十一月二十六日作家给沙芙罗娃（E. M. Shavrova）的信中提到这篇故事："我现在在写一篇小故事：《我的未婚妻》。我曾经有个未婚妻……名叫蜜秀斯。我非常爱她。我正在写这个。"关于小说的场景与爱情描写，主要牵涉两个部分，一是契诃夫一八九一年在博吉莫沃村度夏时的见闻，二是一八九五年友人画家列维坦（Isaac Levitan）在特维尔省的戈尔卡（Gorka）庄园发生的爱情故事——契诃夫前来处理列维坦因多角恋爱"试图自杀"而未遂的善后问题（这部分后来在《海鸥》中有更多的情节发展）。——俄语版编者注、译者注

情系低音大提琴

音乐家斯梅奇科夫从市区往毕布洛夫公爵的别墅走去,那里因为有订婚典礼而"要举办"一场音乐舞会。他背着一只装有巨大的低音大提琴的皮盒。斯梅奇科夫沿着河边走,清凉的河水潺潺,尽管不算澎湃,但也相当诗意。

"要不要去泡泡水呢?"他想。

没想太久,他便脱掉衣服,全身泡在清凉的水流中。晚上美极了。斯梅奇科夫诗意的心灵开始融入周遭的和谐中。然而,当他向旁边游去一百步左右时,看见了一位美丽的女孩坐在陡峭的岸边钓鱼,一股多么甜美的感觉弥漫在他的内心。他屏住呼吸,呆住了,因为心里涌起各式各样的感受——童年的回忆、往事的怀念、苏醒的爱情……老天啊,他本以为,他已经不能够再去爱人了!就在他丧失对人的信任之后(他深爱的妻子跟他的朋友跑了,跟那个狗养的吹巴松管的索巴金[1]),心中满是空虚,他便成了厌世的人。

"生活是什么?"他不止一次问自己,"我们为了什么而活?生活是空想、梦想……是腹语……"

但是他站在睡着的美人面前(不难发现她睡着了),

---

[1] 这个姓氏的俄语词根原意是"狗的",上文"狗养的"为中文加译。

突然间不由自主地,感受到心中有某种像是爱情的东西。他久久站在她面前,眼睛贪婪地望着她……

"不过够了……"他想,深深叹了一口气,"再见,美妙的幻象!我是时候去公爵大人的舞会了……"

于是他再看一眼美人,正想往回游的时候,脑海中闪过一个念头。

"要给她留下一点东西作为纪念!"他想,"在她的钓钩上绑些东西,当作'陌生人'给她的惊喜。"

斯梅奇科夫静静地游向岸边,摘了一大把地上的和水里的野花,用滨藜的茎捆好,再绑在钓钩上。

花束往水里一沉,拉扯着漂亮的浮漂。

理智、自然规律和我们主角的社会地位,都要求这个浪漫邂逅就在这个地方结束,不过——哎呀!作者的命运是难以抵挡的:出于作者无法控制的情况,这个浪漫故事将不会以一束花作结。这位贫穷又不起眼的低音大提琴手,一反逻辑与常理,竟然在显贵富有的美人的生命中扮演了一个重要角色。

游到岸边后,斯梅奇科夫大吃一惊:他没看到自己的衣服。衣服被偷走了……不知道哪儿来的坏蛋,在他欣赏美人的时候,偷走了一切,只留下低音大提琴和大礼帽。

"该死的东西!"斯梅奇科夫大声叫骂,"噢,人啊,真是恶毒的东西![1]主要不是衣服被偷让我愤怒(因为衣服会穿破),而是想到,我得光着身子走动,这有违社会道德。"

他坐在提琴盒上,开始想办法让自己摆脱这个可怕的处境。

"绝不能赤裸裸地去毕布洛夫公爵家!"他想,"那里会有女士!更何况小偷连裤子也偷走了,松香[2]都放在裤袋里面!"

他想了很久,想得很痛苦,想得太阳穴都发疼了。

"啊!"最后他想起来,"离岸边不远处的树丛那里有一座小桥……天还没黑之前,我可以在那座小桥下坐着等,一到天黑后,我就溜进最近的一户农家去……"

拿定了主意,斯梅奇科夫戴起大礼帽,把低音大提琴扛上背,慢慢往树丛那边吃力地走去。赤裸的他背着乐器,很像是某个古老神话中的半人半神。

---

1 这是德国作家席勒(J. C. Friedrich von Schiller)的戏剧《强盗》中第一幕第二场主角卡尔·穆尔(Karl Moor)的台词,不精确的引文。——俄语版编者注

2 松香用来擦拭提琴的弓毛,以增加摩擦力。

现在，读者们，当我的主角还坐在桥下沉浸在不幸之中时，我们留给他一些时间，再回去看看那位钓鱼的女孩吧。她发生了什么事？这美人睡醒后，没看见水面上的浮漂，赶紧拉一下钓鱼线。线绷得紧紧的，但钓钩和浮漂没浮出水面。看来，斯梅奇科夫的花束在水里泡软发涨，变得沉重了。

"是我钓到了大鱼，"女孩心想，"还是钓钩钩到了东西？"

女孩再拉几下钓鱼线，确定是钩到了东西。

"真是可惜！"她想，"晚上鱼正容易上钩呢！怎么办呢？"

这位古怪的女孩没想多久，便脱掉身上的轻盈衣服，把美丽的身躯泡进水里，只露出白净如大理石的肩膀。要解开花束上缠着的钓鱼线，把钓钩取下来并不容易，除了耐心与努力，没别的办法。经过不到一刻钟，神采奕奕又幸运的美人从水里出来，手里拿着钓钩。

不过，等着她的却是噩运。偷走斯梅奇科夫衣服的坏蛋，也偷走了她的衣裙，只留给她一罐虫饵。

"我现在该怎么办？"她哭了起来，"难道要这样走出去吗？不，绝不要！不如死了好！我要一直等到天黑，天黑的时候,我就去阿嘉菲雅阿姨那里,让她回家拿我的连衣裙来……现在暂时先躲在小桥下。"

我的女主角选了一个草长得比较高的地方,弯着身子跑向小桥去。她爬进小桥下,看见那里有个赤裸的男人,一头音乐家式的长发和毛茸茸的胸膛,大叫了一声,随即失去意识。

斯梅奇科夫也吓了一跳。起先他误以为这女孩是河里的宁芙仙子。

"这不会是河里的塞壬水妖来诱惑我吧?"他想,这个推测让他颇得意,因为他一直对自己的外貌有高度评价,"如果她不是塞壬水妖,而是人类的话,那要怎么解释她这身奇特的样子呢?她为何在这桥下?还有她怎么了?"

在他烦恼这些问题的时候,美人醒了过来。

"别杀害我!"她喃喃说着,"我是毕布洛娃公爵小姐。求求您!我会给您很多钱的!我刚刚在水里取钓钩,有贼偷走了我的新衣服、皮鞋和所有的东西!"

"小姐!"斯梅奇科夫用恳求的声音说,"我的衣服也是这样被偷走的。而且,他们连裤子都偷走了,那里面有松香啊!"

所有演奏低音大提琴和长号的人,通常都不机灵

——斯梅奇科夫却是个令人庆幸的例外。

"小姐！"他稍过一会儿又说，"看得出，我的样子让您尴尬。但是，您得同意，我无法离开这里，是基于跟您一样的理由。我想出了一个办法：您方不方便躺进我的低音大提琴盒里并把盖子盖起来？这样您就看不见我了……"

斯梅奇科夫才说完，便把提琴从盒里拿出来。有一瞬间他觉得，他让出提琴盒是亵渎了神圣的艺术，但这犹豫并没有持续多久。美人躺进了提琴盒，身子蜷曲成一团，他拉紧盒上的皮带，并很高兴上天赋予他这样的聪明才智。

"小姐，现在您看不见我了，"他说，"您躺在这里，可以安心了。天黑的时候，我就会把您送到您父母家。低音大提琴我可以稍后再过来拿。"

天一黑，斯梅奇科夫把装有美人的提琴盒扛上肩，费力地往毕布洛夫的别墅缓缓走去。他的计划是这样的：他先走到最近的一间农舍，给自己借一身衣服，接着再往前走……

"没有坏事哪来的好事……"他赤脚踢起灰尘，弯着身子背负重担，心里想，"由于我温暖地关怀公爵小姐的遭遇，毕布洛夫公爵想必会慷慨地奖赏我。"

"小姐,您还舒服吗?"他用一种殷勤男伴[1]邀舞时的语气问,"拜托您别客气,好好躺在我的盒子里,就当作在自己家里!"

突然间,在殷勤的斯梅奇科夫前面,茫茫黑暗中出现两个晃动的人影。他定睛一看,确定这不是眼睛的错觉:确实有人影在走动,甚至手上还拿着一些包袱……

"这会不会是小偷呢?"他脑中闪过念头,"他们拿着什么东西!大概是我们的衣服!"

斯梅奇科夫把提琴盒放在路边,去追那些人影。

"站住!"他大喊起来,"站住!抓住他们!"

人影回头一看,发现有人追赶,便赶快跑开……公爵小姐还听到好长一阵子的急速脚步声,以及"站住"的吆喝声,最后沉寂了下来。

斯梅奇科夫执迷于追赶,假如不是偶然运气好的话,美人大概还得在路边地上躺很久。事情是这样的,那时候,斯梅奇科夫的同事——长笛乐手茹奇科夫与单簧管乐手拉兹玛哈伊金,也正走在去往毕布洛夫别墅的那条路上。两人被提琴盒绊了一下,彼此对望一眼,然后困惑地两手

---

1   原文为法语"cavalier galant"。

一摊。

"低音大提琴!"茹奇科夫说,"哎,这不就是我们的斯梅奇科夫的低音大提琴!但它怎么会跑到这里来?"

"大概斯梅奇科夫发生了什么事,"拉兹玛哈伊金认为,"或者他喝醉了,又或是他被抢劫了……无论如何,把低音大提琴留在这里可不行。我们把它带走吧。"

茹奇科夫背起了提琴盒,音乐家们继续走下去。

"鬼才知道这有多重!"长笛乐手一路上埋怨着,"我无论如何也不要演奏这种大怪物……哎哟!"

音乐家们来到毕布洛夫的别墅,把低音大提琴盒放在规划给乐队演奏的位置上,然后去餐台那边吃东西。

这个时候,别墅已经点亮吊灯和壁灯。新郎拉克伊奇[1]是交通部门的七等文官,漂亮又亲切,他站在大厅中央,两手插在口袋里,跟施卡利科夫伯爵聊天。他们聊到音乐。

"伯爵,"拉克伊奇说,"我在那波利的时候,认识一位提琴家,他简直是在创造奇迹。您不会相信的!他用低音大提琴……用普通的低音大提琴,就能拉出这种厉害无比

---

1 这个姓氏的俄语词根原意是"奴才"。

的颤音，真是不得了！他还会演奏施特劳斯的华尔兹！"

"够了，这不可能的……"伯爵怀疑起来。

"我跟您保证！他连李斯特的狂想曲都会拉！我跟他同住一间房，甚至因为没事做，也跟他学会了用低音大提琴拉李斯特的狂想曲。"

"李斯特的狂想曲……哼！……您开玩笑……"

"您不信吗？"拉克伊奇笑了起来，"那么我现在就拉给您听！我们去乐队那里！"

新郎与伯爵朝乐队那边走去。他们靠近低音大提琴，很快解开盒外的皮带……然后就——啊，糟糕透了！

但在这里，当读者们还在恣意空想，想象音乐上的争辩结局时，我们回头来看看斯梅奇科夫……可怜的音乐家，没追到小偷，回到他先前放下提琴盒的地方后，却没看到他那贵重的负担。他猜不透原因，在路上来来回回走了好几次，也没找到提琴盒，他断定自己走错路了……

"这真可怕！"他抓着自己的头发，愣愣地想，"她会闷死在盒子里的！我是凶手！"

一直到半夜，斯梅奇科夫还在几条路上走来走去寻找提琴盒，但是到最后，他精疲力竭，便回到小桥下。

"天亮的时候我还要去找。"他决定。

情系低音大提琴

天亮后的搜寻结果也是一样,斯梅奇科夫决定在桥下等到晚上……

"我要找到她!"他喃喃自语,脱下帽子抓抓自己的头发,"就算要找上一年,我也要找到她!"

…………

直到现在,还有居住在故事中所述地区的农民说,夜里在小桥附近经常可以看到一个蓬头乱发、戴大礼帽的赤裸男人。偶尔,小桥下还会传来低音大提琴的嘶哑琴声。

* 本篇原作发表于一八八六年的《花絮》杂志第二十三期,副标题《别墅区的奇幻剧》,作者署名"A. 契洪特"。关于此篇故事,作家列夫·托尔斯泰曾说:"他(契诃夫)是我们这个时代第一流的幽默作家……不过,他有一些幽默故事我不太懂,像《情系低音大提琴》……"作家布宁对此篇有高度评价:"除了《马的猝死》《情系低音大提琴》,就算他(契诃夫)什么也没写,这种惊人的才智也会在俄罗斯文学中闪耀,因为只有才智非凡的人才能想得出、说得出这么妙的荒谬故事,这么好的笑话……"——俄语版编者注

导读

契诃夫小说中的几种爱情

文 / 台湾大学外文系助理教授 熊宗慧

一八八六年是契诃夫创作生涯的一个重要起点,他开始以本名安东·契诃夫署名发表文章,显示他以比较严肃的态度面对自己的作品,这是他成熟期的开始。比如《阿嘉菲雅》(一八八六)、《泥淖》(一八八六)、《不幸》(一八八六)、《幸福》(一八八七)、《吻》(一八八七)、《草原》(一八八八)、《美人》(一八八八)等,这些故事篇幅不一,题材多元,人物男女老少都有,场景从城市到乡村,契诃夫的一支笔不仅触及了俄罗斯广袤土地上的各个角落和社会层面,也几乎包含了人生百态。此时的他笔调仍保有幽默、诙谐,面对问题的态度也一贯中立、客观。

一八九○年,契诃夫横越一千俄里的国土,进行了一趟库页岛旅程,完成了岛上居民的生活普查和流放犯监狱考察。回来之后,他对现实生活的问题感触更深,创作有了大幅度的变化,不论是对俄国现实社会问题的关注、民众福祉的探讨,还是在俄罗斯民族性等议题上,契诃夫开始展现出比较强硬的态度。比如,在《第六病房》(一八九二)里他剖析了俄国社会的病态;在《农民》(一八九七)里则描绘出农村可怕的贫穷,以及农民无知、野蛮和酗酒的习性,震撼了一向习惯理想化和美化农民的知识分子,这是契诃夫转变为世界级作家的关键期。

一八九二年,契诃夫在距离莫斯科南方七十多公里的梅利霍沃买了一个庄园,之后他大部分的时间都待在这个梅利霍沃庄园创作,这是他的"梅利霍沃时期",许多读者熟知的作品,如所谓"小型三部曲"的《套中人》《醋栗》和《关于爱情》(一八九八),还有《阿莉阿德娜》(一八九五)、《脖子上的安娜》(一八九五)、《带阁楼的房子》(一八九六)、《带小狗的女士》(一八九九),以及戏剧作品《海鸥》(一八九六)等,都是"梅利霍沃时期"的产物。契诃夫曾自述,在梅利霍沃这个大自然的怀抱中,远离尘嚣,远离城市和莫斯科,对他的生活和创作有极大助益。正是得益于环境和距离感,契诃夫在这时期的作品中不管是在质或量上、内容或创作手法上,皆为俄国评论家称道。然而一八九七年的一次严重咯血之后,契诃夫的身体每况愈下,体力和精神大不如从前,医生禁止他太过劳累,要求他多休息。此后,有评论家发现他的作品中出现一种"契诃夫式的忧郁",主角总是被某种不可抗拒的愁绪包围着。比如在《带阁楼的房子》里,艺术家回忆起某年夏天在乡间庄园的情景,他说午后天空被云朵遮住,然后下起"稀疏的细雨",尽管什么事情都没发生,但艺术家却牢牢记住那"稀疏的细雨",回忆因此包围在挥不去的淡淡哀愁中。

一八九九年,在身体不见好转的情况下,契诃夫卖掉梅利霍沃庄园,在温暖的雅尔塔盖了一栋别墅,年底他搬到雅尔塔。然而,他的身体并没有明显好转,一九〇四年,契诃夫在德国巴登维勒温泉区疗养时过世。

从以上简短、不算完整的契诃夫创作历程来看,契诃夫的作品形形色色、多元丰富。很难想象,一个在二十四岁就咯血,四十多岁就因肺结核而过世的文弱之人,是多么勤奋才能完成五百多部中、短篇小说,以及十几部戏剧作品?或许在契诃夫病弱的躯体中始终保持着追求生命的动力吧……

现在手上的这本契诃夫作品选集——《关于爱情》,当中收录了包括《美人》(一八八八)、《看戏之后》(一八九二)、《在别墅》(一八八六)、《泥淖》(一八八六)、《尼诺琪卡》(一八八五)、《大瓦洛佳与小瓦洛佳》(一八九三)、《不幸》(一八八六)、《关于爱情》(一八九八)、《带阁楼的房子》(一八九六)和《情系低音大提琴》(一八八六)十篇短篇小说,主题显然是"关于爱情"。从爱情的角度来看契诃夫确实有意思,它贯穿了作家的创作生涯,从早期客观的态度到晚期渐渐涉入笔下人物的命运,爱情牵连到作家的生活层面出乎意料地广泛,几乎包括了他对美、庸俗、生活、自由和理想的总体观察和经验。特别的是,这本《关于爱情》的内容编排不是按照契诃夫的创作年代的先后顺序,而按创作年份来排序也未必能尽窥契诃夫的爱情生活观,毕竟爱情之于契诃夫总是弯弯曲曲的丝线,因此提供各篇故事之间的内在联系,对理解契诃夫的爱情思索路径,应该是更好的方法,这应该也是这本选集的独特之处。

美的感知与爱的萌生

论契诃夫的爱情,或许可以从论美开始,美的感受是一切的开端。第一篇《美人》由两个小故事串联而成,都是关于美的经验的回忆。第一个小故事讲述的是一次旅程中的短暂邂逅和美的冲击。叙事者回忆自己十六七岁时在俄国南方顿河草原的旅途上遇见一个亚美尼亚女孩,女孩古典精致的脸庞震撼了他,温顺内向的乡下男孩在这女孩的脸上首度体验到美的纯粹力量,激发了他对美不可遏抑的追求。出于害羞和自卑,他偷偷窥视女孩,女孩的一举一动牵动着男孩的心,仿佛她身上有光,那光芒让男孩的内心激发出一种特殊的情感,那是对自身所处肮脏的、破旧的、压迫人的、庸俗的现实的反映——这样的情感日后贯穿了契诃夫一生的作品,构成了所谓的作家态度,这即是——怜悯。男孩怜悯自己、怜悯周围人过着昆虫般的生活,也怜悯那个出生在破败小村,注定也得像昆虫一样生活的美丽女孩。显然,这是契诃夫自身的经验,奇迹般美的光芒在十六七岁那年射入了他的眼,停留在他的双瞳中,就此保留在他的心中,成为一种理想。此后他的眼睛总是透过美的三棱镜去观看悬浮着尘粒的现实生活,试图在里面找到美的光芒,或是片段的灵感,又或是在污浊的诱惑中维持清醒。

《美人》第二个小故事讲述的是一次在火车站的惊艳。契诃夫未能免俗地提到了俄罗斯女孩的美,那美尽管没有古典美的匀称精致,但仍具有超脱世俗的个性魅力,能让人对自身糟糕的生活感到自惭形秽,而这个写作理念也呼应了第一个故事的作家态度。但是在第二个故事里,契诃夫讲述美时那世故又挑剔的眼光，加上审慎理性的口气，让俄罗斯女孩美的感染力远不及亚美尼亚女孩来得强烈。尽管如此，契诃夫仍将这两者（和谐的古典美与独特的个性美）并列在文中，我们可以明白作家所欲阐述的道理，即美是无处不在的，是上天的礼物，如果没有受过精致文化洗礼的人也能对上天赐予的美有所感知的话，那么人出于惰性所造成的庸俗生活就有改善的可能，那也是契诃夫勤奋创作想要告知世人的讯息：要对自身糟糕的生活有所觉醒，要对美有所感知，要有追求理想的勇气。

爱的幻想

在《美人》之后的是《看戏之后》与《在别墅》，这两篇历来多被定位为幽默小品，少有论者将两篇连上关系，然此选集将两者编在一起，这样一来反而让彼此产生了特殊的共鸣。首先，《看戏之后》的娜佳在观赏完柴可夫斯基的歌剧《叶甫盖尼·奥涅金》后，便耽溺在爱或不爱的悲喜氛围中，回到家立即情生意动，写了一封情书。她一边写，一边浮想联翩，对象从原本的军官转变成另一个大学生，最终，少女因为过于壅塞的欢喜感受而停下了笔,情书没有完成。契诃夫的这封少女情书显然谐拟了普希金的小说《叶甫盖尼·奥涅金》里女主角达吉雅娜的情书。俄国大诗人普希金帮自己的女主角捉刀,写下一封情书,当中所展现的十六岁少女追求爱情的纯真和勇气固然令人感动,但是对契诃夫而言,信中那一丝丝几乎难以察觉的谐谑语气才是作家更感兴趣之处:普希金模仿少女的笔触是别出心裁的,一个对爱情有着不切实际的幻想,只知道自己恋爱了的少女会写出什么样的情书呢?结论是,那是一封达吉雅娜的阅读心得,她把读过的英法翻译小说与自己的恋爱心情七拼八凑,剪贴出了一封情书。然后这封少女情书就这么成了俄国文学的情书典范,对契诃夫而言,这可真是文学上的一个谜。

契诃夫的"达吉雅娜情书之谜",在下一篇《在别墅》里做了更多的论证。别墅客维霍德采夫莫名其妙收到了一封情书,看完信后他的反应十分有趣:"'我爱您'……到底她什么时候来得及爱上我?真是令人惊讶的女人!她就这么无缘无故爱上了,甚至没相识,也不清楚我是个什么样的人……她应该还太年轻、浪漫,如果看个两三眼就能相爱的话……"维霍德采夫的疑惑其实是冲着普希金的达吉雅娜而来的,因为普希金在作品中解释达吉雅娜为何爱上奥涅金时只说:"时候到,爱情就萌芽。"这么一个简单的答案无法说服契诃夫,所以他借维霍德采夫之口提出疑惑,为何女性可以"就这么无缘无故爱上了",又可以"看个两三眼就能相爱"?爱情之于理性的契诃夫,无法单纯地因为"时候到,爱情就萌芽",莫名其妙是契诃夫故事中的男主角对爱情的共同反应,他们总是在探讨爱情产生的理由和原因,又为了找不出答案而苦恼。普希金视爱情为自然而然的现象,不会对此提出探讨,但是契诃夫却总是发出连篇的疑问,穷尽一生的笔墨去探索爱情,这于他始终是个严肃的文学课题。例如,在《宝贝》和《跳来跳去的女人》这两篇小说中,契诃夫将莫名其妙陷入爱情的女人视为轻佻、愚蠢和庸俗的人;对同样会莫名其妙发生爱情的男人也不赞赏;他多次将他那位多情的、总是卷入爱情风波的画家朋友列维坦写入作品中,试图借他探讨爱情莫名其妙这一层面的问题,导致两人生出嫌隙;而在《不幸》这篇故事里,他甚至将陷入爱欲不能自拔称为不幸,因为心不再自由,无怪乎作家本人总是小心翼翼地面对爱情,宁可暧昧迂回,也不愿正面坦白。有趣的是,契诃夫晚期的作品如《关于爱情》和《带小狗的女士》这两篇,男主角的态度发生了转变,虽然仍是牢骚不断,但行为表现却是十足地陶醉在爱情中，连带还陶醉在……爱情带来的折磨里，这时的契诃夫似乎不再质疑普希金的"时候到，爱情就萌芽"的观点了。

爱欲交战

情欲与爱情之于俄国作家并非单纯的一体两面。在《泥淖》这篇故事中，契诃夫塑造了一个强悍的犹太女人苏珊娜，大眼高鼻黑发的她散发出压迫性的美感，故事中的俄国男人一个接一个如飞蛾扑火般投向她的世界里，心甘情愿身陷其中。有些论者认为作家丑化了犹太人，但此论述其实非常薄弱，或许，那是作家借一位具有异国情调的女人的形象塑造，来进行一次浪漫主义的尝试，并探索爱欲的界限。中尉军官索科利斯基代替表兄，向债务人苏珊娜讨债，气势不输男人的苏珊娜先与中尉言语对峙，继而两人竟发展出一幕匪夷所思的情节：男女主角为抢夺一张薄薄的票据竟然搏斗起来。这一大段书写是契诃夫作品中罕见的场景，充满动态的张力：男的本能地抓住女方紧握的拳头（里头有票据），女的"龇牙咧嘴，用尽全力挣扎"，男的进一步用"一只手紧紧卡住她的腰，另一手则抱住她的上身"。契诃夫将动作如此细致拆解,很难不引人遐想,然而作家并不打算点到为止,他转入近身肉搏的描写:女的"像条鳗鱼似的在他的怀里不断扭动自己灵活矫健的身躯",男的"两手在她全身上下游走",两人从房间一头打到另一头,苏珊娜忘我地投入这场肉搏战,她"满脸通红,闭上眼睛,甚至有一次忘我地将自己的脸贴紧在中尉的脸上,因此在他的唇上留下了淡淡香甜",最后两人皆"涨红了脸,披头散发,重重喘气,彼此对望着",犹太女人"脸上如凶恶猫咪似的表情渐渐变成和善的微笑……"这一段文字任谁都看得出其中偾张的情欲,也明白男女搏斗的性暗喻。此篇中的苏珊娜集诱惑与致命于一身,与前面亚美尼亚女孩所呈现的美截然相反,这是一种堕落又危险的美,可也是一种对美的体验。

但还是不禁要问,契诃夫笔下的男人竟和女人动手?那真的不太符合契诃夫男女主角的相处模式,也不符合俄国知识分子阶层的道德礼教。男人怎能对女人动手?问题是,这篇的目的就是借着抛却道德礼教来检视道德礼教。以中尉来说,他的动手看似情非得已,但其实是以被激怒的姿态,顺水推舟地将礼教抛在脑后,进而跟苏珊娜进行一场近似鱼水之欢的纠缠。契诃夫这样的描写很难不让我联想到莱蒙托夫小说《当代英雄》里的一篇故事《塔曼》：外派到俄国南方小镇塔曼的军官佩乔林，无意中发现当地的走私集团，于是和集团的成员——鞑靼少女，在海上的小船里发生一场生死搏斗。莱蒙托夫在此篇安排的情节元素，包括南方边陲小镇、海边、走私、异国情调的少女等，全都指出这是一个化外之地，道德礼教在此不管用，因而军官佩乔林便以自卫的借口和少女发生近身搏斗，年轻军官和狂野鞑靼少女的搏斗，不论怎么看，都充满了绮情浪漫的意味。契诃夫对莱蒙托夫这篇《塔曼》情有独钟，不止一次赞赏莱蒙托夫年纪轻轻（二十六岁）就写出了《塔曼》这样结构和风格近乎完美的作品。在某种层面上，《泥淖》模仿了《塔曼》的这段情节，而女主角的塑造尤其关键，两篇的女主角都是带有异国风情的女人，性格皆叛逆强悍，将男主角刺激到完全不顾礼教，进而发生一场不要命的激情冒险。只是莱蒙托夫的佩乔林最后顺利脱困，但《泥淖》里的男人却无一能挣脱苏珊娜设下的陷阱，那个搏斗完后还能"哈哈大笑，并且用单脚转过身，朝着摆好早餐的房间走去"的苏珊娜，本来就是等着男人卸下道德礼教，而那个借故抛去道德礼教，最后"拖着步伐慢慢跟着她"的中尉，就这样沉沦在无道德感的爱欲泥淖中。

困在日常生活中的爱

《泥淖》里的苏珊娜让契诃夫完成了一次畅快的情欲书写,但这篇是异数,作家描写最多的仍是发生在日常生活中的小风暴,这类小风暴的主题之一即违反社会规范的恋情,简单讲就是不伦恋。不伦恋本身的基调就是和现实社会规范冲突,这是一个道德试炼场。契诃夫喜欢观察这种不伦恋可能对生活带来的转变契机,而他笔下主角的不伦恋带有一个特色:即使发生不伦恋,即便主角内心起伏挣扎,却常常不为身边伴侣察觉,现实生活的平静无波与主角内心的激动起伏形成外冷内热的对比,如在《不幸》和《关于爱情》两篇故事里,直到结尾,做丈夫的仍旧浑然不知(或不关心)妻子的外遇和心情的变化。契诃夫一直都在经营这样的主题,他让主角透过大段独白或告白展现内心的思索,这种思索反映出对自身的反省和对周遭人物的检视,并透露出一种改变生活的可能性。如在《不幸》里,契诃夫描写索菲雅·彼得罗芙娜因伊利英热情的追求而心猿意马,她开始检视自己的生活,发现丈夫无趣、孩子冷淡,她试图挽回家庭,但强大的外来情感吸引力仿佛无法抵挡的暴风,将她向外推。她终于踏出家门,而故事也凝结在她停不下的脚步上，而这"停不下的脚步"即暗示对新生活的幻想……

契诃夫的不伦恋里，搭配这种大段独白和告白的外在动作却意外地低调，仅透过几个幅度不大的动作表露情感，像是下跪、抱膝、拥肩、握紧对方的手、含泪的亲吻，以及画十字祷告，这种动作内敛而压抑，却充满情感的爆发力。再以《不幸》为例，公证人伊利英暗恋已为人妻的索菲雅·彼得罗芙娜，内心感到苦闷，低气压的苦闷在一个天时地利人和的情况下瞬间爆发，伊利英跪下，抱住索菲雅·彼得罗芙娜的双膝，接着将内心暗恋的苦闷翻江倒海地吐露；又如在《关于爱情》中，地主阿柳兴爱上地方法院副庭长的妻子安娜，也知道对方钟情于他，但两人始终未说出对彼此的爱。结局，安娜坐火车离去前，阿柳兴冲进车厢，先是拥住安娜，接着是含泪亲吻，最后才说出那千呼万唤的告白。这两篇恰巧，又或者不是恰巧，主角都爱上了别人的妻子，似乎他们在违反社会规范的恋情中才真正能体会到爱，又因为爱而试图小小地突破禁忌，而他们的小叛逆看来最终也难保不会被日常生活那淡淡的流水给冲刷掉。

这是抒情化了的不伦恋，契诃夫更多的不伦恋描写呈现的仍是生活的庸俗面。例如在《尼诺琪卡》中，契诃夫讲述了一个对妻子和朋友的偷情睁一只眼闭一只眼的懦弱丈夫，他甚至让出自己的房间给两人用，自己则蜷缩到储藏室去，读者是要责备偷情的人不道德，还是斥责丈夫的懦弱呢？在契诃夫看来，正是偷情突显了生活上的集体庸俗。在《大瓦洛佳与小瓦洛佳》里，契诃夫又设计了一个道德试炼的局：索菲雅暗恋小瓦洛佳，小瓦洛佳对她也很暧昧，却始终不表态，久等不到对方的回应，索菲雅"一气之下"嫁给年纪大她很多的大瓦洛佳。这么一来，小瓦洛佳反而对她紧追不舍，最后索菲雅如愿以偿和小瓦洛佳发生关系，但很快就被他抛弃。索菲雅的人生毁了，但这是谁该对谁负责呢？契诃夫讲述这些故事时，严守客观的立场，不评价对错，但其实心中仍有态度。例如，契诃夫描写尼诺琪卡歇斯底里对丈夫发脾气，但情夫一出现却马上"像一片羽毛般轻飘飘地"挂在男人的脖子上，这样对照的描写轻易便显示出尼诺琪卡轻浮的性格；而在描写索菲雅和小瓦洛佳发生关系的场景时，契诃夫以"过了半个小时，他（小瓦洛佳）得到了他所需要的之后，坐在餐厅里吃点东西"一句话带过，然此一句却尽显生理快感的短暂与庸俗生活的难堪。

爱作为一种希望

　　来到《带阁楼的房子》这篇小说，它在契诃夫的作品中占有特别地位。在这个故事里，契诃夫模仿了屠格涅夫的风格，将场景搬到乡间，让故事在一座古典贵族庄园里展开。个性闲散的画家一边与蜜秀斯谈情说爱，一边与她姐姐莉达争辩俄罗斯人民的劳动、教育和民族性等问题，并在这些问题上引入托尔斯泰的观点。比如重视地方教育和医疗设施的莉达，她的改善论就很有托尔斯泰某一时期论述的味道，而凡事一定和莉达持相反意见的画家，他提出砍断奴役人民的枷锁，让事情获得一次性解决的说法，则接近革命分子的论点。尽管高谈大道理，这篇故事却不会让人觉得枯燥，原因在于契诃夫将爱情、劳动和教育等所有议题融在田园生活闲逸的情调中，有一种如烟似雾，不似在人间的感受。对蜜秀斯，画家虽在独白时说爱她，但又说"应该说，我爱她，因为她经常接送我，因为她温柔又钦佩地望着我"，再加上画家对蜜秀斯的依赖总是发生在自觉受到莉达的轻视之后，这难免让人疑惑画家口中的爱。闲散自在的天性让蜜秀斯和画家对彼此感到格外契合，而莉达由于太过严肃和强势的个性让画家感到难以亲近,但无法不去注意的是,即使认为莉达讨厌他,画家的眼睛却始终不自主地跟随莉达的身影转,说"手拿鞭子""匀称美丽"的她明亮动人。最后由于莉达的阻挠,蜜秀斯离开了庄园,离开了画家,一段恋情无声无息地结束。乍看之下,是莉达阻挠了两人,但明眼人都知道,依据莉达告知的准确地点,画家不会找不到蜜秀斯。所以,篇末的重点完全不是画家找不找得到心上人蜜秀斯,也不是会不会去找,契诃夫并非刻意留下悬疑的结尾,他要刻画的或许是一种犹疑在当下现实与未来想象之间的心理困境:"我已经开始遗忘那栋带阁楼的房子……在我苦于孤单、感到忧伤的时刻,这些回忆又更模糊了些,渐渐地,我不知道为什么开始觉得,也有人在想着我,有人在等着我,还觉得我们将会相遇……"而作品借用屠格涅夫式的氛围,让画家最后叹息一声:"蜜秀斯,你在哪里?"——给结局留下一个往事只能追忆的美好愁绪,更突显了这个困窘的心境。

《带阁楼的房子》里,画家忍不住吻了蜜秀斯,打开了某种禁忌的魔法盒,结果是他失去了心爱的蜜秀斯,只留下爱的追忆与缥缈的希望——我们怀着这样的情绪来到《情系低音大提琴》,会发现此篇放在选集末尾是神来一笔。故事一开始：音乐家斯梅奇科夫（词义为"琴弓"）……唉，俄国至今还没有产生这个姓氏的音乐家，所以，契诃夫从故事一开始就展现他顽童般的调皮了。"琴弓"先生机缘巧合似的前往毕布洛夫公爵家演奏。然而，可惜的是，俄国至今也没有一位公爵叫毕布洛夫（音近"哔噗"，令人发笑）。总之音乐家斯梅奇科夫上路了，而且是背着低音大提琴走着去……但是，一般说来，音乐家通常不会背着低音大提琴参加音乐会的！读到这里，俄国读者通常已经笑出声来，看来光是第一段就是一连串令人发笑的不可能。契诃夫继续他一本正经的调皮：斯梅奇科夫沿着河边走，"清凉的河水潺潺，尽管不算澎湃，但也相当诗意"，读至此如果闷笑起来，那么你大概在这里面读到了果戈理的文字风格。随着诗意萌发，斯梅奇科夫脑海中冒出了"游泳"的画面。为什么诗意要跟游泳扯上关系？大概契诃夫会说，唉，这只有俄国人才懂！（据说契诃夫有一次拜访托尔斯泰，两人在庄园散步，经过池塘时，托尔斯泰兴致一来邀他下水游泳，话才说完便立即跳下水，留在岸边的契诃夫顿时不知所措。）"琴弓"先生游着游着，他看到一位钓鱼钓到睡着的美丽女孩，女孩勾起了他的回忆，包括那个勾引他妻子的"狗养的吹巴松管的索巴金","狗养的索巴金"在此一语双关,既是姓氏,又是字面意思,用文字玩弄俄国姓氏的技巧,契诃夫和果戈理一样擅长。

在某种程度上,这一篇故事充满了文学的互文性,除了已经提到的果戈理,契诃夫还偷偷揶揄了陀思妥耶夫斯基。契诃夫说斯梅奇科夫衣服被偷后,"他想了很久,想得很痛苦,想得太阳穴都发疼了",才想到要躲到桥下去。哎呀,俄国文学家里真的只有陀思妥耶夫斯基会让自己的主角想得"太阳穴都发疼"。

不知怎的,音乐家和少女的衣服接连被偷,赤身裸体的两人都躲到桥下,音乐家说服少女躺进提琴盒。他打算把这提琴盒背到公爵家,不料半路出现形似偷衣贼的身影,音乐家追了过去,提琴盒被留在路边,最后这提琴盒还是阴错阳差被送到了毕布洛夫公爵家。

契诃夫这一篇虚构的故事据说让写实主义大师托尔斯泰不能理解,却让诺贝尔文学奖得主布宁拍手赞赏。其实,除了虚构性,小说还充满神话性,这个特质很少出现在契诃夫作品中,然而就这么一篇《情系低音大提琴》已足矣。那装着美人的低音大提琴盒像不像潘多拉的盒子?神话里潘多拉打开盒子,所有灾难跑到人间,所幸最后还剩下"希望"，契诃夫的低音大提琴盒也具有这么一个象征，低音大提琴盒最后被打开了，留下惊呼："啊，糟糕透了！"但是调皮的契诃夫却让提琴盒就这样停在被打开的瞬间，留给读者无限的想象。从盒子里真的会跳出一个美人吗？而斯梅奇科夫呢，那个被妻子和朋友背叛、不相信人性的音乐家呢？他为什么坚持要找到提琴盒？他真的是怕躺在提琴盒里的美人闷死吗，还是提琴盒对他来说是一种爱情的可能呢？那提琴盒里是否留着爱的希望呢？那徘徊在桥底的赤裸男人就是斯梅奇科夫吗？直到现在他（或者说你我身边任何一个与他相似的人）是否还在寻觅着爱情呢？

就像莎士比亚《仲夏夜之梦》里的精灵，契诃夫的《情系低音大提琴》唤起了读者心中的浮想联翩，为我们编织了一个浪漫的夏日之梦。

译后记

关于爱情，契诃夫要说的是……

文／丘光

最近几年，契诃夫是我日常生活的一个部分，自从上次新译了《带小狗的女士》之后，我偶尔随手拿到一本他的作品集或是谈他的书，就依着当时的心情翻阅一两篇，或朗读出几段令我着迷的描写，这些阅读印象渐渐跟我的生活融在一起，我喜欢用这样的方式读契诃夫。

那次我读到一篇从前不曾看过的《情系低音大提琴》，满心欢喜，仿佛在连绵的阴天来了一阵柔和但遮挡不住的风，驱散了烦闷的日子，也好像感知到了一些东西，让我联想到一整片契诃夫的风景。就是这篇小故事串联起了我读过的契诃夫，让我想再多选几篇集成册翻译出来一起读，试着将当时那种愉快感受凝聚成一种日常风景。

这是篇带有奇想趣味的关于爱情的故事：

一个低音大提琴乐手前往公爵家，将在公爵小姐订婚的音乐舞会上演奏，他沿着小河走，感到清凉的潺潺流水中有一股诗意，便情不自禁下水去泡一泡，他的身心融入大自然的和谐中……这平凡无奇的一泡却让他的命运产生急遽的变化:因为昔日的爱情挫折,他丧失了对人的信任,本以为"已经不能够再去爱人了",这时在河边巧遇一位钓鱼的美人,她钓到睡着了,而他看得呆住,眼前这美的感受令他震撼不已,心里的纷纷思绪唤回了他消逝的爱情……于是他动念捉弄起她,摘了一束花绑在钓钩上,作为送给美人的一个神秘礼物。

不料,两人的衣服双双被偷了,先后躲到小桥下聚在一起,男乐手得知这美人就是公爵小姐,提议她先躺进低音大提琴盒中遮羞,承诺将她送回家去。通常,那一束花的礼物本该在浪漫情节上起魔法般的作用,把互不相识的男女牵上姻缘线,但契诃夫并不这么写爱情,他把男女主角在现实中分开,只在(至少一方的)心里的想象中拥有;作家似乎偏好这种现实枉然而心理富饶(或复杂)的爱情,在其他许多篇中也可以见到。因此,在一路上的机缘巧合下,两人失散,乐手懊恼不已,不知道美人与盒子已经被路过的同事送回去,仍不断在路上来回找寻这个装载着爱情想象的巨大的低音大提琴盒。

契诃夫的故事往往让读者在他人的爱情中看到自己生活的困境,表面上,人困在爱情中,陷在生活中,没结果也没出路,然而,仔细再看看,依稀又看出了一条困与脱困之间的界线,似乎只要找回对生活的感受、对爱的感动,便能跨越那条线脱困而出。对他笔下的角色们而言,或许难以找到出路,也或者不想找,但是对契诃夫剧场的老主顾来说,似乎够清楚了——一如《情系低音大提琴》的结尾,这个重新感知到美与爱的人,永远不放弃找寻爱情与新生活的想象。

契诃夫在世的时候,人家说他悲观,他很不以为然,曾对作家布宁抱怨过:他哪里悲观了呢?他平日对周遭的朋友很喜欢说笑,表现出乐观的生活态度。他过世前几个月(当时他身体已经很糟了)给友人阿维洛娃的信中还开导她:"开心些,生活上别太钻牛角尖,这样想必会轻松点。我们不知道,生活是不是值得让人痛苦思索,耗损我们俄罗斯人的头脑——这都还是个问题。"还有令人动容的是,生前最后几天他在德国巴登维勒疗养,妻子克尼碧尔回忆当时的情景:"甚至死前的几小时他都还想出一个故事逗我开心……"

契诃夫二十七岁出版《在黄昏》这本小说集的时候,曾解释题名的由来:生活是沉重的,人们在一天的操劳后,在黄昏这个休憩时刻,拿起这本书来读,或可解闷。

这一切仿佛告诉我们:生活本身或许沉重,但人得用乐观的心去面对。

他这份乐观,尽管多少伴着沉痛的人生际遇:青少年时形同被家人抛弃,二十四岁便因为肺病严重大咯血——此后他一辈子抱着疾病缠身的忧伤心情,但他显然没有被这些沉重的思绪给奴役,而是不断创新找到未来的出路。

我阅读这些小说后,找出篇与篇之间的内在联系,试着排列串联出一种想象的空间,试着贴近契诃夫,试着梦想让整个新译本产生新的时空意义……有那么一瞬间,我感到了一股自由,仿佛有什么东西正要飞起来!

契诃夫年表

丘光、陈宛平、詹静宜／编

一八六〇年

一月十七日（公历一月二十九日，以下日期除特别标示外，皆为俄历），安东·帕夫洛维奇·契诃夫出生于俄罗斯亚述海滨塔甘罗格市的商人之家，为家中第三子。

一八六七年

契诃夫和哥哥尼古拉，一起进入希腊教区小学就读（根据大哥亚历山大的说法，这是因为父亲打算培养他们俩日后方便跟希腊人做生意）。从这年开始与两位哥哥一起在父亲组织的教会合唱团唱歌。

一八六八年

八月，转至塔甘罗格中学预科班就读；学校一位神学科教师波克罗夫斯基帮他取了外号"契洪特"，这也是日后契诃夫最重要的一个笔名。

一八七三年

秋,第一次到剧院看戏,欣赏法国作曲家贾克·奥芬巴赫的轻歌剧《美丽的海伦》。这年第一次有了对文学写作的构思,考虑改写果戈理的小说《塔拉斯·布里巴》为悲剧。

一八七四年

这年开始热衷参与家庭戏剧表演,饰演过果戈理《钦差大臣》中的市长。到中学毕业之前经常到剧院看戏。

一八七五年

六月至七月,随爷爷叶戈尔到亚美尼亚人的大萨雷村办事,在那里遇见一位美丽的女孩,日后据此回忆写下小说《美人》。

一八七六年

契诃夫的父亲破产,为了逃避债务,全家搬到莫斯科,留下安东和小一岁的弟弟伊凡,一年后弟弟到莫斯科与家人会合。

一八七七年

三月二十日至四月十日,复活节假期首度去莫斯科,探亲、看戏、逛街。十月,开始把自己的幽默小品文寄给大哥亚历山大尝试投稿。

一八七八年

首次创作戏剧《没有父亲的人》(后称《普拉东诺夫》),生前未发表,作家过世后十九年才被发现。

一八七九年

三月十二日,爷爷过世。六月十五日,中学毕业,获塔甘罗格市议会每个月二十五卢布的奖学金;八月八日,到莫斯科,与全家人住在现在的水管街一间潮湿的地下室,再加上两位中学同学寄宿;九月,进入莫斯科大学医学系。十一月，被《闹钟》杂志退稿；与妹妹在大剧院听格林卡的歌剧《为沙皇献身》。

一八八〇年

三月九日，首次刊登文章，在圣彼得堡的幽默文学周刊《蜻蜓》上发表《给博学邻居的一封信》；这一年在此杂志总共发表了十篇作品。六月六日，普希金纪念碑在莫斯科市中心揭幕，二哥尼古拉在现场作画，喜欢普希金的契诃夫应该也在场。十二月七日，小说《艺术家的妻子》刊在《分钟报》上，署名"唐·安东尼奥·契洪特"。进大学的头几年，他在画家哥哥尼古拉的介绍下，认识了画家列维坦、建筑师舍赫捷利、画家科罗温、画家涅斯捷罗夫。

一八八一年

十一月，西班牙小提琴家萨拉沙泰巡回演出至莫斯科，契诃夫去听演奏会与他结识。十二月二十九日，在《闹钟》杂志认识作家吉利亚罗夫斯基。十二月底，收到萨拉沙泰从罗马寄来的纪念照片,上面用意大利文写着:"给我亲爱的朋友安东尼奥·契洪特医生,以示对医学的感谢……"

一八八二年

在《莫斯科》《闹钟》《光和影》《读者》《同路人》《日常对谈》等杂志中,共发表了三十二篇作品,并于年底受邀与《花絮》杂志合作。准备出版原本应是第一部作品集的《玩闹》,由二哥尼古拉绘插画,后来可能未通过审查而没能出版。

一八八三年

五月至六月,在莫斯科省沃斯克列先斯克度夏,并到地方自治医院实习。七月,《花絮》刊登《一个小官员之死》;十月,《花絮》刊登《胖子与瘦子》。这两篇成为早期的经典代表作。

一八八四年

六月,出版首作《梅尔帕米娜的故事》(署名"A. 契洪特")。六月,从莫斯科大学毕业,获医生执照,短暂行医数月。十二月七日至十日,第一次严重地咯血(肺部问题)。

一八八五年

五月,开始与《圣彼得堡报》合作。十二月,首度去圣彼得堡,认识《新时代》报的负责人苏沃林,受邀写稿,两人开始长期通信。

一八八六年

二月十五日,首次在《新时代》报刊登作品《安灵祭》,首次以本名"安·契诃夫"发表。三月,作家德米特里·格里戈罗维奇写信给契诃夫:"你拥有真正的天赋,而这天赋会让你成为新世代的作家……我相信你一定能够写出具有艺术家特质的完美作品!"他鼓励契诃夫写严肃的题材。

一八八七年

九月,出版小说集《在黄昏》,此书献给德米特里·格里戈罗维奇。十月初,完成喜剧《伊凡诺夫》,十一月,在莫斯科的科尔什剧院首演。前往塔甘罗格等地旅行。开始尝试长篇小说。

一八八八年

五月,出版《故事集》,非常畅销,多次重印。六月,《北方通报》刊登中篇小说《灯火》,被认为带有相当的作者私密特质。九月至十月,改写喜剧《伊凡诺夫》为戏剧。十月,小说集《在黄昏》获得科学院的普希金文学奖。

一八八九年

一月三十一日,《伊凡诺夫》在圣彼得堡亚历山德林斯基剧院首演。六月十七日,二哥画家尼古拉因肺结核过世,带给作家至深的悲痛。十月十四日,柴可夫斯基来访,讨论合作改编莱蒙托夫小说《当代英雄》中的《贝拉》为轻歌剧的构想。十二月二十七日,四幕喜剧《林妖》在莫斯科的阿布拉莫娃剧院首演。

一八九〇年

三月,出版小说集《阴郁的人》,献给柴可夫斯基。四月二十一日,出发前往库页岛,花两个半月穿越西伯利亚;六月二十至二十六日,乘渡轮沿黑龙江东行,赞叹自然之美,"想永远留在这里住";七月十一日,抵达库页岛,"我看见了一切,现在的问题不是我看到了什么,而是我怎么看到的……我们需要工作,其他的都别管了,重要的是,我们要做对的事,其他一切也将随之转好"。《新时代》刊登这时期的旅游随笔。十月十三日离开库页岛,搭船南行经中国香港、新加坡、斯里兰卡等地,再过苏伊士运河抵达黑海的敖德萨,十二月八日返回莫斯科。

一八九一年

一月,前往圣彼得堡,和司法部门官员科尼会面,讨论如何改善库页岛孩子们的生活。二月至三月,寄了七箱书到库页岛,提供给当地学校。三月,和苏沃林一起出国到欧洲各地旅行;五月,回到莫斯科。夏天,和家人一起前往图拉省阿列克辛的乡间别墅度假,之后搬到不远的奥卡河附近的博吉莫沃村,在这里写《库页岛》《决斗》。

一八九二年

一月,在《北方》发表《跳来跳去的女人》,导致与画家列维坦(自觉此文影射他)关系破裂,后者甚至提出决斗。三月,在莫斯科省的梅利霍沃买了一块地,之后全家搬到这里的庄园。夏天,霍乱疫情暴发,积极参与医疗工作的契诃夫回忆:"我们这些乡村医生都准备好了……从七月到八月,我至少看诊了五百位病患,大概还可能有上千人。"十一月,在《俄罗斯思想》杂志发表《第六病房》。

一八九三年

出版小说《第六病房》。在《俄罗斯思想》发表《库页岛》的部分内容。十月,收到柴可夫斯基过世的电报。

在梅利霍沃举行新年除夕晚会，参加者包括米济诺娃和作家波塔宾科。

一八九四年

一月，在《艺术家》发表小说《黑修士》，主角的精神问题引发热烈讨论，契诃夫表示多数评论家都没看懂。三月，因为健康状况日见恶化，去克里米亚疗养。四月，在《俄罗斯公报》发表小说《大学生》，契诃夫自己很喜欢此作。九月，出国至欧洲各地旅行。

一八九五年

一月，与画家列维坦绝交三年后，恢复友谊关系，列维坦至梅利霍沃庄园拜访。二月，在《俄罗斯思想》发表小说《三年》。五月至六月，出版《库页岛》。六月底至七月初，列维坦在特维尔省的戈尔卡庄园作画时，因感情问题"试图自杀"，未遂，之后在湖边枪杀了一只海鸥——契诃夫去探望后从这个事件中得到两部作品的灵感：《带阁楼的房子》和《海鸥》。八月，前往图拉省的晴园，第一次和托尔斯泰会面。十月至十一月，构思并创作剧本《海鸥》。十二月，在《俄罗斯思想》发表小说《阿莉阿德娜》；认识作家布宁。

一八九六年

一月至二月，前往圣彼得堡两次，与作家科罗连科、作家波塔宾科、作家阿维洛娃会面。二月，前往莫斯科与托尔斯泰会面。四月，在《俄罗斯思想》杂志发表《带阁楼的房子》。八月底至九月中，游览俄罗斯南方与高加索等地。十月，圣彼得堡的亚历山德林斯基剧院排演《海鸥》，十月十七日，《海鸥》首演遭受挫败。

一八九七年

一月，参与谢尔普霍夫县的人口普查。三月二十五日至四月十日，因大咯血住院。四月，在《俄罗斯思想》杂志刊登未经审查的中篇小说《农民》，对农民处境的写实刻画引起社会激烈争论。五月，苏沃林的出版社出版了契诃夫的《剧本选》（其中包括初刊登的《万尼亚舅舅》）。

十月至十一月,为《俄罗斯公报》写短篇小说《在祖国的角落》《佩臣涅格》。十二月,关注法国"德雷福斯事件"相关报道后表示:"在我看来,德雷福斯无罪。"

一八九八年

一月,因"德雷福斯事件"立场与《新时代》报不同,与苏沃林不再往来。五月,回到梅利霍沃,收到导演涅米罗维奇-丹钦科的来信,请求准许《海鸥》在莫斯科大众艺术剧院演出。契诃夫和他会面详谈后同意。五月至六月,写短篇小说《姚内奇》《套中人》《醋栗》《关于爱情》。九月九日至十四日,参与莫斯科艺术剧院《沙皇费奥多尔·伊万诺维奇》《海鸥》的排演。九月十五日,到雅尔塔,与诗人巴利蒙特、歌唱家沙里亚宾、作曲家拉赫曼尼诺夫会面。到塞瓦斯托堡附近的格奥吉耶夫斯基修道院旅行。十月十二日,父亲在疝气手术后过世。十一月九日,拉赫曼尼诺夫将《悬崖》幻想曲献给契诃夫,此曲灵感来自契诃夫短篇小说《在路上》。十一月至十二月,为了萨马拉省的饥民办劝募会;写《出诊》《公差》《宝贝》《新别墅》。十二月七日,《海鸥》在莫斯科艺术剧院首演。

涅米罗维奇－丹钦科来电报:"《海鸥》的演出受到热烈欢迎。从第一幕开始喝彩就接连不断。无止境地谢幕。我说明作者不在剧院内,大家要以自己的名义给契诃夫发电致意。我们高兴极了。"

一八九九年

一月,小说《公差》刊出。三月十九日,与来访雅尔塔的作家高尔基认识。四月初,和作家库普林认识,与布宁会面。四月十日,到莫斯科,与演员克尼碧尔、托尔斯泰会面;契诃夫决定把《万尼亚舅舅》交给莫斯科艺术剧院演出。六月十二日,访塔甘罗格,自新罗西斯科出发,在那儿与克尼碧尔会面。十月二十六日,《万尼亚舅舅》在莫斯科艺术剧院首演。十二月,马克斯的出版社发行契诃夫作品集的第一卷。在《俄罗斯思想》刊登小说《带小狗的女士》。

一九〇〇年

一月,刊出《在圣诞夜》《在峡谷》;画家列维坦到雅尔塔做客；得知托尔斯泰的病情后写："我害怕托尔斯泰的死亡。如果他死了，那我的生活便会出现一大块空白。第一，我比谁都爱他；我是没有信仰的人，但我想在所有信仰中，只有他的信仰让我感到亲近。"四月十日至二十三日，莫斯科艺术剧院在塞瓦斯托堡及雅尔塔巡演；观赏《万尼亚舅舅》《海鸥》；契诃夫在家中持续和剧院演员、作家高尔基、布宁、库普林等人聚会。五月，到莫斯科拜访病危的列维坦；与高尔基、画家瓦斯涅佐夫、作家阿列克辛一起前往高加索地区旅行。六月，克尼碧尔到雅尔塔做客。八月至十月，开始写戏剧《三姐妹》。十月底在莫斯科为艺术剧院的团员朗读此剧。十一月，画家谢罗夫为契诃夫画肖像（未完成）。十二月十一日，出国，在法国尼斯修改《三姐妹》的剧本；至意大利的比萨、佛罗伦萨、罗马等地旅游。

一九〇一年

一月三十一日，《三姐妹》在莫斯科艺术剧院首演。二月初，自敖德萨返雅尔塔；和布宁时常会面；《三姐妹》在杂志《俄罗斯思想》刊出。五月十一日，前往莫斯科，医生建议饮用马奶酒治疗他的病。五月二十五日,与克尼碧尔在莫斯科省奥夫拉日克的一间教堂结婚;给母亲电报:"亲爱的妈妈,祝福我吧,我结婚了。一切如常。我去喝马奶酒治疗。"七月一日,偕新婚妻子回到雅尔塔。九月十七日,前往莫斯科参与艺术剧院排演《三姐妹》,修改剧本,九月二十一日演出。十一月,与生病疗养中的托尔斯泰在克里米亚的加斯普拉会面。

一九〇二年

二月二十日,完成短篇小说《主教》(由《大众杂志》四月号刊出)。五月二十四日,作家科罗连科到雅尔塔拜访契诃夫,两人决定为了抗议官方取消高尔基荣誉科学院院士资格,一同请辞荣誉院士头衔。五月二十五日,与妻子抵达莫斯科。六月初,向斯坦尼斯拉夫斯基说明《樱桃园》的构想。六月下旬,到商人莫罗佐夫(莫斯科艺术剧院的主要赞助者)领地彼尔姆省乌索利耶旅行,参观他的工厂时建议他:这样的工厂不应该一天持续运作十二个小时。之后,莫罗佐夫便把工时调整为八小时。七月五日至八月十日,与妻子在柳比莫夫卡别墅度夏。八月十四日,回到雅尔塔。八月二十五日,去信科学院请辞荣誉院士头衔。九月,改编自己的独幕剧《论烟草有害》,收进《新剧大全》。十月四日至十一月二十七日,在莫斯科写短篇小说《未婚妻》。

一九〇三年

一月至四月,写小说《未婚妻》与戏剧《樱桃园》。五月二十四日,前往莫斯科,医生奥斯特罗乌莫夫诊察契诃夫,不准他冬季时住在雅尔塔。六月,联络作家魏列萨耶夫:"《未婚妻》的稿子我撕掉了,重新再写。"九月十五日,完成《樱桃园》,告知他很欣赏的莫斯科艺术剧院演员莉琳娜:"我这次写的不是戏剧,是喜剧,甚至可以说是轻歌舞剧。"十月十四日,将《樱桃园》手稿寄至莫斯科。十一月三日,同意让高尔基将《樱桃园》出版,收入《知识》集刊里。十一月二十五日,《樱桃园》在删去特罗菲莫夫的两场独白后通过审查。

一九〇四年

一月十七日，在莫斯科艺术剧院举办《樱桃园》首演暨契诃夫纪念会。二月十四日，写信给阿维洛娃谈到创作与生活："开心些，生活别太钻牛角尖，这样想必会轻松点。我们不知道，生活是不是值得让人痛苦思索，耗损我们俄罗斯人的头脑 —— 这都还是个问题。"四月初，在圣彼得堡展开艺术剧院巡演，《樱桃园》佳评如潮。五月三日，前往莫斯科。身体状况越来越糟，陆续得肠炎、胸膜炎，发高烧；《樱桃园》登在《知识一九〇三》集刊上，为契诃夫生前最后一次刊登作品。七月一日，在巴登维勒疗养，妻子克尼碧尔回忆当时的情景："甚至死前的几小时他都还想出一个故事逗我开心……"七月二日夜间一点，睡梦中呼吸困难。两点医生来看诊，克尼碧尔说："他要求给他香槟。安东·帕夫洛维奇不知为何大声对医生说德语（他对德语所知甚少）：'我要死了……'然后拿起高脚杯，靠近我的脸，令人惊讶地笑着说：'我好久没喝香槟了……'他安然地干杯，静静侧过身子，很快就永远不再有声息。"凌晨三点，契诃夫过世。七月九日，葬在莫斯科新圣女公墓。

评价赞誉

您的礼物（编者按：指一九一七年五月收到友人埃里亚斯博格致赠刚出版的《关于爱情》小说集德译本，其中包括《关于爱情》《吻》《阿嘉菲雅》《带阁楼的房子》《某某小姐的故事》《尼诺琪卡》《带小狗的女士》等作品），真让我高兴，我真感谢又可以欣赏这个深入心灵、没有多余调料的健康又美味的艺术品——之所以特别优异，是因为它不理会或没有表面的尖锐问题（这问题与其说是"道德"，不如说是美德）……

——托马斯·曼

契诃夫的故事现在跟当年写出时一样叫人赞叹（且必要）……不仅是他写出大量的故事，而且是令人钦佩地屡屡创造出杰作，那些故事使我们悔悟，也让我们欢喜又感动，还把我们的情感表露出来，唯有透过真正的艺术才能达到如此效果。

——瑞蒙·卡佛

在十九世纪末二十世纪初的作家中，我最赞赏契诃夫。他把一种新的东西，某种与古典概念对立的戏剧性带到文学中……

——詹姆斯·乔伊斯

他（契诃夫）是人际关系最微妙精巧的分析者……当我们读到这些没有结论的小故事时，眼界却开阔了，心灵获得了一种令人惊异的自由感。

——弗吉尼亚·伍尔夫

什么作家影响年轻时的我？契诃夫！影响剧作家的我？契诃夫！影响小说家的我？契诃夫！

——田纳西·威廉斯

契诃夫是无与伦比的艺术家……生活的艺术家。他的作品的优点在于看得懂，不只是每个俄国人，而是任何一个人都觉得亲切。……他是个真诚的作家，他的作品可以一读再读好几次。

——列夫·托尔斯泰

契诃夫是对未来大为乐观的人,我刚好就看到了这点。他精力充沛、活力无限且心怀信任地描绘我们俄罗斯生活的美好未来。

——斯坦尼斯拉夫斯基

无须特别耀眼的文学技巧,无须特别忧烦文句的精雕细琢,也可以成为完美的艺术家——契诃夫就是个好范例。

——纳博科夫

本简体中文版翻译由樱桃园文化出版有限公司授权。翻译者：丘光

© 中南博集天卷文化传媒有限公司。本书版权受法律保护。未经权利人许可，任何人不得以任何方式使用本书包括正文、插图、封面、版式等任何部分内容，违者将受到法律制裁。

图书在版编目（CIP）数据

关于爱情 /（俄罗斯）安东·契诃夫著；丘光译. -- 长沙：湖南文艺出版社，2023.12
ISBN 978-7-5726-1490-3

Ⅰ.①关… Ⅱ.①安… ②丘… Ⅲ.①短篇小说—小说集—俄罗斯—近代 Ⅳ.① I512.44

中国国家版本馆 CIP 数据核字（2023）第 197373 号

上架建议：经典文学·小说

GUANYU AIQING
关 于 爱 情

作　者	［俄］安东·契诃夫
译　者	丘　光
出版人	陈新文
责任编辑	匡杨乐
监　制	张微微
策划编辑	李　乐
特约编辑	张晓虹
版权支持	王媛媛
文案支持	丘　光
营销编辑	胖　丁
装帧设计	苗　倩
出　版	湖南文艺出版社
	（长沙市雨花区东二环一段 508 号　邮编：410014）
网　址	www.hnwy.net
印　刷	三河市鑫金马印装有限公司
经　销	新华书店
开　本	815mm×1120mm　1/32
字　数	134 千字
版　次	2023 年 12 月第 1 版　印　次　2023 年 12 月第 1 次印刷
书　号	ISBN 978-7-5726-1490-3
定　价	48.00 元

若有质量问题，请致电质量监督电话：010-59096394
团购电话：010-59320018